新人小説家の甘い憂鬱

天澤由明

「もしも会うことがあったら、必ず聞こうと思っていたのですが……」

向かい側に座ったスーツの男——数時間前に私の上司になったばかりだ——が、ワインの上でグラスを見つめたまま聞く。グラスの底の部分を持ち、膝《ひざ》の上に置いた白い布ナプキンの上でグラスを斜めにする。まるでソムリエのようにボルドーワインの色を眺める様子は、ほかの男がやったらとても気障《きざ》になりそうだ。だが色素の薄い髪と紅茶色の瞳をしたまるでお伽《とぎ》噺《ばなし》の王子のようにハンサムなこの男がすると……不思議なほどさまになる。

彼の名前は高柳《たかやなぎ》慶介《けいすけ》。二十八歳。大手出版社、省林社《しょうりんしゃ》の文芸部で副編集長をしている。

彼はグラスから目を上げ、私を真《ま》っ直《す》ぐに見つめる。

「どうして筆を折ったんですか、高沢佳明《たかざわよしあき》先生？」

銀座にある洒落《しゃれ》たバー。彼が開けた上等のワインのせいか、それとも聞き上手なのか……今夜の私は、つい饒舌《じょうぜつ》になってしまっている。

私の名前は天澤由明《あまさわよしあき》。二十七歳。大手出版社、修陽社《しゅうようしゃ》の文芸部で五年間編集をし、今回、省林社に移ることになった。修陽社と省林社は系列会社なので、会社を移るというよりは円満な異動と言った方が近いかもしれない。最近省林社は文芸に力を入れていて、編集部の人員が不足していた。太田《おおた》編集長と高柳副編集長が社長クラスにまでかけあい、私を省林社の文芸部に引き抜いてくれた。

私は省林社の本がとても好きだし、今回の異動は嬉しかったが、一つ問題があった。大学一年の時、私は気まぐれで小説を書き、思いつきで省林社新人賞に投稿し、思いがけず受賞してしまった。投稿作でデビューし、卒業までの四年間で五冊の本を執筆した。著作は猶木《なおき》賞《しょう》候補にもなったが、私は小説家として生きる気はなかった。私は大学卒業とともに筆を折り、作家だったことは公表せずに修陽社に就職し、文芸部で編集をしていた。上司となった福田《ふくだ》編集長にだけは高沢佳明というペンネームで作家をしていたことをカミングアウトしたが、彼は驚きながらも「しがらみがあっては仕事がやりづらいだろうし、作家の扱いにも苦労するかもしれない。とりあえず秘密にしておこうか」と言ってくれた。

作家をしていた当時、私は顔写真や詳しいプロフィールを公開していなかった。そのため私の顔を知っていたのは当時の編集担当だった省林社の太田編集長と、新人として編集部に入ったばかりの高柳副編集長の二人だけ。さらに大学卒業と同時に両親が離婚したために、私は姓が高沢から天澤に変わった。必死で説得してくれた太田編集長に申し訳ないとは思ったが、詳しい事情を説明することなく、私は二度と作家として筆を取ることはなかった。

「……ですから」

私は、彼を真っ直ぐに見つめて言う。

「敬語はやめてください。私はあなたよりも年下ですし、今は一介の編集者。そしてあなたは私の上司なんですよ」

「ああ……やりづらい」

彼は空いている方の手で髪をかき上げ、ため息をつく。

「当時まだ新人だったとはいえ、編集長があなたに『新作を書いてください』と必死で頼み込んでいたのをよく知っている。著作の一冊が猶木賞候補にまでなった若きベストセラー作家。やっと再会できたと思ったらいつの間にか編集に転向していて、しかも部下になってしまうなんて」

「修陽社では本名しか明かしていませんでしたので、同僚や先輩、それに担当した先生方は私が作家だったことはまったく知りませんでした。……福田編集長にだけは、カミングアウトしましたが」

私は小さくため息をついて、

「だが、省林社では太田編集長やあなたに顔が知られている。お互いに慣れるまでは面倒だろうなとは思いましたが、やはり省林社の本には魅力があった。太田編集長からお誘いをいただいて、つい心が動いてしまいました。やりづらい部下で申し訳ありません」

私が言うと、彼は目を見開き、それから形のいい唇にフッと苦笑を浮かべる。

「……で？　質問の答えは？」

「どうして筆を折ったか……ですか？」

「ああ。……まあ、深刻な理由があるのなら、もちろん言わなくていい。興味本位で聞いているだけだから」

彼は言って、洒脱な仕草で肩をすくめる。私は微《かす》かに微笑《ほほえ》んでしまう。

……彼の飄々《ひょうひょう》としたところ、そして率直な言葉は、私にはなかなか心地いい。

「小手先だけでも小説は書けます。かつての私がそうだったように。しかし、小説家として生きていくにはそれだけでは何かが足りない」

彼は、その先を待つように真っ直ぐに私を見つめる。

「デビューして、私はいろいろな作家と知り合いました。そして彼らと自分がまったく違う人種だったことに気づきました。彼らの遺伝子には何かが組み込まれている。だが、私にはそれがなかった。私は書かなくても生きていける。ですが……」

「彼らは、書かずには生きていられない？」

私がうなずくと、彼は遠い目になって、

「私もたまにそう思う。彼らがあれほど苦しんでまで創作をするのはどうしてだろう、と。彼らに聞いても笑いながら『〆切があるから』『編集が催促するから』『食費を稼ぐため』としか言わない。だが、たしかに彼らの遺伝子には私とは違う何かが組み込まれている」

彼は遠くを見るような目をして、赤ワインをゆっくりと飲む。

「私の知っている作家で、深刻なスランプに陥った男がいる。彼は『もう小説など書かない』と口にしてはいたが、苦悩し、自分に絶望していた。それは、彼が小説家であることをやめてはいなかったという証拠。事実、彼は長いトンネルを抜け、小説家として復活した」

彼は言い、それから私の顔を真っ直ぐに見つめる。

「私達には創作者の遺伝子が組み込まれていないとしよう。それは、幸せなことなのか、それとも不幸なことなのか」

「幸せなことだと思います、とても」

私はきっぱりと答える。

「創作し続けることの苦しみに、私は二度と耐えられません。だから筆を折ったんです。ですが……」

胸の奥に、不思議な感情が湧《わ》き上がる。それは子供の頃に感じたような、熱い憧れ。

「私は、苦しんでも、苦しんでも、それでもなお進まずにはいられない彼らに深い憧れを抱きます。編集者として、彼らの苦しい航海の助けになれればと思います」

彼は私を見つめて黙り、それからグラスを上げる。

「君は編集者に向いているよ。ようこそ、省林社文芸部へ」

柚木つかさ

「……が、好きなの？」

夢中でページを繰っていた僕は、聞こえてきた声にハッとして顔を上げる。

僕の名前は柚木《ゆずき》つかさ。二十一歳。早稲川《わせがわ》大学文学部の四年生になったばかり。アルバイトに明け暮れて単位をいくつか落としてしまったから、卒論と当時に講義にも出ている。もうすぐ講義が始まるけれど……教授が来るまで、とつい読書をしてしまってる。

「えっ？」

物語の余韻に浸りながら呆然《ぼうぜん》と目を上げると、そこには人懐こい笑顔があった。彼は講義室のすぐ前の席に座っていて、身体《からだ》をよじるようにして椅子の背に肘《ひじ》をかけ、こっちを振り返っていた。四年生の講義は単位の足りない人間が一気に受けるから、別の学部と一緒になったりする。彼の顔を見るのは初めてだから、きっと別の学部の人だろう。

「ごめんね、急に話しかけて。……高沢佳明が好きなの？　って言ったんだけど」

「えっ？」

彼の言葉に、僕はものすごく驚いてしまいながら言う。高沢佳明は一時期はベストセラー作家だったけど……最近ではまったくその名前を聞かなくなってしまったから。もう少し上の年代なら違うんだろうけど、僕らの年代では知っている人はほとんどいなくて……。

「高沢佳明を知ってるの？」

僕が言うと、彼は大きくうなずいて、

「知ってる、知ってる。実はこれの続編をずっと待ってる」

彼は言って、僕が読んでいた本を指差す。僕は思わず身を乗り出してしまいながら、

「本当に？　僕もなんだ！」

思わず大声を出してしまい……講義室にいるほかの生徒達が振り返ったことに気づく。

「あ……すみません……」

慌てて、周りに謝る。頬《ほお》が燃え上がりそうに熱い。

……ああ、恥ずかしいことをしてしまった。僕はいつもそうだ……。

「へえ、君って丁寧なんだねえ」

前の席の彼が僕を見ながら驚いたように言い、僕はますます赤くなってしまう。

……大好きな高沢佳明を知っている人に、やっと出会えた。なのに、もう恥ずかしいところを見せてしまった。

「でも気にすることないよ。まだ教授が来てるわけじゃないじゃん。みんなだって携帯いじ

ったり、おしゃべりしてるし」

気軽な感じで言われて、僕はとてもホッとする。彼は、

「それより。……オレ、小峰孝也《こみねたかや》。経済学部の四年。趣味は読書。好きな作家はたくさんいるけど高沢佳明はすごくいいよね」

その言葉に、僕もすごく嬉《うれ》しくなる。

「僕は柚木つかさ。趣味は読書。そして一番好きなのは高沢佳明さん。でも、同年代だとなかなか彼の話ができる人がいなくて……」

「そうそう。同志と会えて嬉しいよ」

にっこり笑って、僕の右手をキュッと握る。それから身を乗り出して、

「実はオレ、自分でも小説を書いてるんだ。そういうの、興味ある？」

その言葉に、僕の鼓動が速くなる。

……絶対に笑われると思って、今まで誰にも言ったことがなかった。だけど……。

「実は僕も……」

頬がものすごく熱い。だけど……。

「小説、書いてるんだ。本当にお遊びみたいなものだけど」

「本当に？　やった！」

彼はまた僕の手をギュウギュウ握り締め、

「そしたら、今日の放課後、一緒に、ワセブンの説明会に行かない？」

「……え？　ワセブンって？」

僕が言うと、彼は驚いたような顔をして、

「もちろん、早稲川大学文学研究会。出版業界ではめちゃくちゃ有名だよ。有名な作家をたくさん輩出してるんだ。一応活動は学内でやっているけれど、ＯＢが中心のサークルで、学生なら四年生以上じゃないと入れない特殊なサークルみたいなんだけど」

……うわ、全然知らなかった。

「いや、僕、本が好きなだけで、そういうのには疎くて……」

頬が、熱くなるのを感じる。

……僕はめちゃくちゃ物知らずなんだろうか？　なのに本好きを名乗るなんて、もしかしてすごく恥ずかしいこと……？

「まあ、いいや。今日はこの講義で終わりだろ？　だから……」

彼が言いかけた時、講義室のドアが開いて教授が入ってきた。

「……あとで、一緒にいこうね」

彼は囁《ささや》いて、前を向いてしまう。

……文学研究会？　たくさんの有名作家を輩出してる？

僕の鼓動が、どんどん速くなる。

……そんな晴れがましい場所に、僕なんかが足を踏み入れていいんだろうか？

僕は本が好きで、時間が許す限りたくさんの本を読んできたけど……一番好きなのは高沢佳明という作家さんだ。ストイックな文体と、仄暗《ほのぐら》く、だけどその奥に重厚な煌《きら》めきを宿したような彼の世界観が僕にはとても魅力的に映った。評論家からも高い評価を得ていたし、ベストセラーにも連続して入っていたから売り上げもよかったはずなのに、なぜか彼は自分から筆を折ったという。彼の書いた五冊の本は未《いま》だに僕の宝物だ。

そして。彼のおかげで小説家に憧れるようになった僕は、本当に趣味程度だけど自分でも小説を書いているんだ。

……文学研究会、か……。

僕はドキドキしながら思う。

……そういうところには、きっと本が好きな人達がたくさん集まっているんだろうな。

僕はずっと、そういう話ができる友達がすごく欲しかった。だから、小峰くんみたいな人と友達になれたら、さらにほかにもそういう友人ができたら……めちゃくちゃ嬉しいかもしれない。

僕の実家は山形の旧家。男子は代々医者をしている家系だ。父親も二人の兄も親戚達も、全員が東教《とうきょう》大学の医学部を優秀な成績で卒業して医者になった。僕は昔から「ダメなやつ」と言われながら育ち、「東教大学の医学部には行きたくない」と生まれて初めて主張したところでそれは決定的になった。昔から可愛がってくれた祖父のはからいで早稲川大学の文学部に入ることができたけれど……実家の両親も兄達も「今からでも退学して東大医学部に入り直せ」と何度も言ってくる。僕は兄さん達みたいに成績はよくないし、医学よりも文学に興味があるし、なにより、医者になる自信なんかまったくない。

そんなふうにつねに優秀な兄たちと比べられていたせいか……僕は自分というものに少しも自信がもてない。だから人が苦手で、すぐに上がってしまって、親しい友人もなかなかできなくて……とてもダメな学生生活を送ってきた。

……でも、東京に出てきて、憧れの早稲川大学文学部に入ることができたんだ。

僕は、黒板の前で講義を始めた教授を見つめながら思う。

……頑張って生まれ変わらなくちゃ……！

◆

「早稲川大学文学研究会にようこそ」

黒板の前に立った男性が、よく響く声で言う。アメフトでもやっていそうながっしりした長身を、ブランドのロゴの入った黒のコットンセーターとダメージジーンズに包んでいる。

彼はこの研究会の会長で、大学院二年の磐浜忠志《いわはまただし》さんだ。

「君達を歓迎する」

講義が終わった後、僕は小峰くんと一緒に大学構内を歩き、サークル棟と呼ばれる建物に向かった。サークル棟には運動部や音楽関係の部が集中していて賑《にぎ》やかだったけれど……廊下をいくら歩いても、文学研究会の部室はどうしても見つからなかった。通りすがりの運動部の人に聞いてみたら、なぜだかとても嫌な顔をしながら、「気取ったワセブンのヤツらがこんな汚い場所に近寄るわけがない。ヤツらの部室なら、あそこの最上階だよ」と言われた。彼が指差したのは、戦前に有名建築家が建てたことで知られる壮麗な石造りの建物……早稲川図書館の上階だった。

部室は図書館のホールの上にあり、不思議な円形をした部屋だった。二階層吹き抜けの高い天井、細長い窓がぐるりと部屋を取り囲むようにして開けられ、そこから夕暮れのオレンジ色の日差しが差し込んでくる。

さっき道を教えてくれた運動部の人が『気取ったワセブンのヤツら』と言ったけれど、この部屋に集まっている人達はみんなすごく大人っぽくて、都会的だった。僕でも馴染《なじ》めそうな感じの、もっとオタクっぽい雰囲気を想像していた僕は……早くも気圧《けお》されている。

部屋の一角に大きな黒板が置かれ、その両脇にやけに古めかしいガラスの入った書棚が置かれている。そこの最上段には書店で見たことのある有名な本がズラリと並び、下の段には小説雑誌みたいなものがぎっしりと詰まっている。書店に並んでいる雑誌に引けを取らないくらいの装丁だけど、背表紙には『文芸　早稲川』の文字と発行年が印刷されている。きっと、この研究会の歴代の会誌だろう。

入会希望者の人数は、驚いたことに二十人もいた。授業中、講義室で見た顔がたくさんいるけれど……大人っぽくて目立っていたグループばかりだ。

……僕みたいにダサくて、いかにも田舎から出てきましたって人なんか誰もいない。

隣に座っている小峰くんは、さっき聞いたところによると神奈川県出身。シンプルな黒のTシャツにジーンズ、フードに毛皮のついたブルゾン。よく見ると彼もとてもお洒落。

……どうしよう、やっぱり僕みたいなヤツは入会しない方がいいんだろうか？

黒板に近い椅子が入会希望者のために空けられていて、それを取り囲むようにして鋭い目をしたお洒落な会員達が座っている。まるで監視されているみたいで……今すぐにでも逃げてしまいたい気持ちだけれど、とても席を立てるような雰囲気ではない。

「君たちもご存知の通り、ここは過去に作家を何人も輩出している有名な研究会だ。現役の会員はほとんどが新人賞に投稿している作家志望の人間ばかりだし、すでにデビュー済みのヤツもいる。ついでだから自己紹介を」

彼は、自分の隣に置かれた椅子に座っている男性を示す。そこにいたのは、都会的な会員の中でも特に目立つハンサムだった。茶色がかった髪をお洒落にカットしていて、着ているのはいかにも高そうな黒の上下。光沢のある素材の白のスタンドカラーのシャツを合わせている。すっと真っ直ぐに立った姿は、まるでモデルさんみたいだ。

「僕は大学院の二年で、副部長の宇田川光二《うだがわこうじ》といいます。会長からご紹介にあずかったとおり、一応プロの端くれかな？　去年の修陽社新人賞を取り、受賞作は修陽社の『小説ほくと』にも掲載された。ペンネームは、鵜川光次朗《うかわこうじろう》です」

その言葉に、僕は驚いてしまう。

……鵜川光次朗！　「小説ほくと」に載った受賞作、すごく面白かった！

近くに座っている新会員達も、憧れを含んだ囁きを交わしている。

「……すっごい、あの修陽社で新人賞を取った鵜川光次朗がいるなんて……」

隣に座った小峰くんも、目をキラキラさせている。

「今は修陽社での単行本の作業に入っているんだ。まあ、学生のうちは勉強が第一だから、今はまだ仕事を入れ過ぎないように気をつけているけれどね」

宇田川さんが、ハンサムな顔に笑みを浮かべて言う。新会員たちは、ほお、と憧れのため息をつく。

……すごい……いかにもプロって感じの言葉……！

僕は鼓動が速くなるのを感じながら思う。

……学生なのにプロの小説家だなんて。本当にすごい人だ……！

「この研究会では、年に二回、自費出版の会誌が発行されているんだ。君達もお気づきかもしれないが……これだね」

彼はテーブルの上に置いてあった小さな鍵《かぎ》を使って書棚のガラス戸を開く。そこから一冊の会誌を取り出す。それはちょうど一年前の会誌みたいで、表紙には『祝デビュー・鵜川光次朗特集』とカラーで印刷してある。装丁もデザインも書店で売られている既存の雑誌に負けない凝ったもので、僕はレベルの高さに驚いてしまう。

「現在、会員達は最新号の〆切に追われている」

会長の磐浜さんが言葉を引き継ぎ、副会長の宇田川さんは席に座る。テーブルに置かれた会誌の『祝デビュー』の文字が、燦然《さんぜん》と輝いて見える。

……やっぱり、プロになるってすごいことなんだなあ……。

僕は胸を熱くしながら思う。

「そこで、入会した君達にもぜひ原稿を書いて欲しいんだ」

「ええっ！」

隣の小峰くんが驚いた声を上げて、僕はハッと我に返る。

「新会員が、いきなり原稿を書いてもいいんですか？」

物怖《ものお》じしないらしい小峰くんが手を挙げて言い、磐浜会長は、

「もちろん、レベルを保つために、すべてを載せるわけにはいかない。会長である俺以下、数名の幹部の審査があり、一定レベルに達していない場合は掲載を見送らせてもらう」

「……没ってことか……」

絶望的な声で言う小峰くんの言葉に、宇田川さんが気の毒そうな顔で、

「まあ、プロになったら当たり前のことだよ。通過儀礼というところかな？　新年度号は毎年分厚くなることで有名で、特にページ制限は設けていない。だからできるだけたくさんの作品を載せられたらと思ってるんだ。……頑張って」

最後のところで、宇田川さんとちょうど目が合ってしまう。個人的に励まされたような気持ちがして、頬が熱くなる。

僕はずっと作品を書きためてきたけれど、それは特に深い意味のある行為じゃなかった。書かないではいられないから、救いを求めるようにして、それを書いただけだった。

人嫌いのストレスゆえか、それとも僕はどこか変わっているのか……僕の頭の中には、書きたいと思うキャラクター、彼らが遭遇する事件、何気ないエピソード……そんなことが少しずつたまってくる。雨漏りの下に置かれた空き缶のように、自然に、一滴ずつだけど。ゆっくりとたまってしまったそれは、定期的に縁から溢《あふ》れる。そんな時、僕の頭の中はストーリーでいっぱいになってしまう。僕はどうしようもなくなって、それを文字にする。一回アウトプットしてしまえば、缶は空になって頭の中がクリアになる。だけど気づくとまた缶の中には水がたまっていて、それがだんだんどうしようもなくなってまた文字にして……。

……何かの目的があって、作品を書くなんて初めてだ。

僕はなんだか緊張してしまいながら思う。

……ちゃんと書けるんだろうか……？

「去年の秋に発刊された最新号を、諸君に配る」

磐浜さんが言って、部屋の脇に立っている男性達に合図をする。大学院の一年生なのか、磐浜さん達よりも若く見える彼らは、紙袋を持って立ち上がる。そして新会員に、分厚い会誌を配って回る。表紙にはたくさんのペンネームが並んでいるけれど、一番大きいのは『鵜川光次朗』。そして『磐浜忠志』。会長はどうやら本名のままで寄稿しているらしい。

僕は配られた会誌をめくってみて……その内容の濃さに驚いてしまう。載っていたのはいかにも難しいトリックが使われた本格ミステリーや、格調高い文学作品ばかりみたい。

……こんなレベルの高い雑誌に、僕みたいなド素人が載せてもらうことなんかできるんだろうか？

「ねえ。さっきからなんだか怯《おび》えてるみたいだけど……」

小峰くんの反対側に座っている新会員が、僕を横目で見ながら囁いてくる。黒のシャツに革パンツの彼は、入会希望者の中でも大人っぽいグループの一人だ。

「もしかして、ワセブンに入ろうって言うのに、まだ投稿歴ゼロとか？」

バカにしたような口調で言われたその言葉に、僕は思わず青ざめる。

……ここって、新会員も投稿経験者ばかり？　だったら、僕なんかがついていけるわけがないかも……。

「……投稿は……したことありません……」

「へえ。そうなんだ？　俺は去年の省林社新人賞で佳作を取ってるんだよね」

その言葉に、彼の友人らしい派手な新会員達がうなずいている。彼は可笑《おか》しそうにクスクス笑いながら僕の格好を上から下まで眺める。

「まあ、ライバルは少ない方がいいかな？　あまりお洒落な作風にも見えないしね」

「う～ん、たしかに昔懐かしい文芸オタクって感じだ。作風もダサそう」

ほかの新会員にも言われて、僕は膝の上で拳《こぶし》を握り締め、何も言えずに下を向く。

両親に仕送りを止められたけれど、学費とアパートの家賃だけは祖父が出してくれている。でも、これ以上出させるのは申し訳ないから深夜のコンビニでアルバイトをしてずっと生活費を稼いでる。食費と本代を稼ぐのがやっとで、遊ぶどころか服を買う余裕もない。

だから僕は、実家でも着ていた兄のお下がりであるチェックのシャツに、擦りきれたジーンズ、洗い晒《ざら》しの白いスニーカーという格好。少しの逞《たくま》しさもない情けない体形だから、シャツはダブダブだ。人に顔を見られるのが苦手で、いつも被《かぶ》っているニット帽。バサバサに伸びたままの前髪。ひどい近視だから手放せない黒縁眼鏡。

……僕に、お洒落な要素なんて、一ミリグラムもなくて……。

「つかさは、素直ないい子なんだ」

いきなり怒った声がして、僕はハッと我に返る。今まで押し黙っていた小峰くんが、僕に声をかけた革パンツの新会員を睨《にら》みつけていた。

「意地悪なあんたなんかより、百万倍はいいものが書けると思うよ」

「はあ？　なんだと？」

革パンツの新会員が身を乗り出して、小峰くんの襟首を摑《つか》む。

「ああ、何をしてるんだ、新会員！　問答無用で原稿を没にされたいのか？」

磐浜会長が怒鳴り、革パンツの新会員が渋々という顔で手を離す。僕と小峰くんをキッと睨んできたところを見るとまだ気が収まらないらしい。

「……す、すみません。気をつけます……」

僕は青ざめながら謝る。僕はともかく、小峰くんまで巻き添えになったら大変だ。

「慣れないことだからプレッシャーを感じるかもしれないけど……」

宇田川さんが言いながら、椅子から立ち上がる。新会員の顔を見渡しながら、

「最初から上手に書けなくても大丈夫だ。短編からでいいから、ともかく一本書いてみたらいいよ。……頑張ってね、柚木くん」

最後の部分で、彼は僕の名前を呼んでくれる。

「は、はい」

僕が答えると、宇田川さんがにっこり笑って踵《きびす》を返す。

……たしかにさっき自己紹介をしたけれど、まさか名前まで覚えてもらえているとは思わなかった。しかも、頑張ってって言われてしまった。

僕は、そのことが嬉しくて、頬が熱くなるのを感じる。

……宇田川さんって、すごくいい人かも……。

現役の作家さんが近くにいるなんてすごいことだし、彼は会員達の憧れの的だ。その彼に励ましてもらえたなんて……。

僕は鼓動が速くなるのを感じながら、決心する。

……これは、今までのダメな自分から生まれ変わるチャンスかもしれない。怖いけれど、なんとか頑張ってみよう。

天澤由明

「とりあえず、このメンバーには先に紹介しておきます」

麻布ヒルズのすぐそばにある、シアトル系のコーヒーショップ。店の一角にあるソファには、省林社で仕事をしている四人の作家と、高柳副編集長、そして高柳副編集長の部下だという新人の編集部員がいる。高柳副編集長が作家達を見回して、

「うちの編集部に新しく入った天澤由明です。元は修陽社の文芸で編集をしていました」

集まった面々は「よろしく」と言いながら、興味深げに私を見つめている。高柳副編集長が私を振り向いて、

「先生方を紹介する。こちらが紅井悠一《くれないゆういち》先生。こちらが草田克一《そうだかついち》先生、そして押野充《おしのみつる》先生、それから大城貴彦《おおしろたかひこ》先生」

紅井悠一は白い綿シャツにジーンズの若者で、まだ大学を出たばかり。『名探偵・紅井悠一の事件簿』が大ベストセラーになり、ドラマ化が内定している。やんちゃなイメージのルックスがマスコミにも受け、全国を回りながらサイン会をする話も持ち上がっている。

隣にいる草田克一は、壮大な歴史物で知られた作家。格闘家のようにがっしりした身体を黒のTシャツとカーキ色のカーゴパンツに包んでいる。最近では自分が体験した旅行エッセイも発行していて、サバイバル色の強いそれは若い男性にとても人気がある。

そしてその隣にいるのは押野充。茶色の髪と銀縁眼鏡の、整ったルックスをしている。緻密なトリックを駆使する本格ミステリーで有名で、大人気の検死官物はハリウッドでの映画化が決定している。ミステリーファンだけでなく、その甘いルックスで女性にも大人気だ。

大城貴彦は『ヴェネツィア』という作品で猶木賞を受賞した大ベストセラー作家。現在はスピンオフ『カナル・グランデ』を執筆中だ。『ヴェネツィア』の受賞後、彼の過去の既刊もとんでもない勢いで売れ続けていて、現在の省林社では間違いなくナンバーワンの売れっ子だろう。ほとんど顔出しをしないので小さなプロフィール写真でしか見たことがなかったのだが、実際に見るとモデルのような長身と、彫りの深いハンサムな顔をした見栄えのする男で、イタリア人とのクオーターというのもうなずける。彼はデビュー作からベストセラーを連発し続けていたのだが、一時期はスランプで書けなくなったという噂が業界に広まった。高柳副編集長によるとそれは本当で、編集担当になった小田雪哉《おだゆきや》の献身によってそのスランプから脱し、あの『ヴェネツィア』を書き上げたという。極秘だと言われているのだが、実はその時から二人は恋人同士だという。クールに見える大城貴彦が、小田雪哉に夢中で尽くし続けているというのがとても意外だが。

「今回、省林社文芸編集部に配属になりました、天澤由明と申します。先生方の作品は、いつも拝見しております。よろしくお願いいたします」

私は言って、四人に頭を下げる。押野充が少し驚いたような顔で、

「天澤由明さんって有名だよね？　吉本弘一《よしもとこういち》さんに芥山賞《あくたやましょう》、村上夏雄《むらかみなつお》さんに猶木賞、そして櫻川洋平《さくらがわようへい》さんに江戸川欄歩賞《えどがわらんぽしょう》を取らせたという、伝説の編集さんでしょう？」

「たしかに、私が担当させていただいている時に、先生方は受賞されました。しかし、受賞は、もちろん先生方の実力です」

「でも、すごい。担当作家が三人も受賞しちゃうなんて、並大抵の編集さんじゃないよ」

紅井悠一が言い、ほかの三人が真剣な顔でうなずいている。

「実は。彼には一つ変わったプロフィールがあるんです。ただ、ほかの先生方にはご内密にお願いしたいのですが……」

紅井悠一が身を乗り出す。

「もしかしてゲイ？　それなら全然驚かないよ？　僕もハンサムな人、大好きだし」

「そうではなく……彼は以前、高沢佳明という名前で小説家をしていました」

「ええっ、高沢佳明！」

紅井悠一が、本気で驚いたように声を上げる。草田克一が愕然《がくぜん》とした顔で呟《つぶや》く。

「高沢佳明……俺、すごいファンで、ずっと次回作を待ってるんだが……」

「……わ、私もです……彼の著作、全五作は私のバイブルで……」

押野充が呆然とした声で言う。紅井悠一が、

「……オレも、ちゃんと全部持ってる……っていうか、ぶっちゃけ、プロを目指したのって高沢佳明に憧れたからで……」

三人は私を見つめて、声を揃《そろ》えて言う。

「……あなたが高沢佳明……！」

高柳副編集長が肩をすくめ、隣に座っている編集部員を振り返る。

「ああ……紹介する人間がもう一人。これがうちの下っ端編集部員の小田雪哉。大城先生の担当。こんな可愛い顔をしているけれど、大城先生に『ヴェネツィア』を書かせ、猶木賞を取らせてしまったなかなかの凄腕《すごうで》だ」

「いえ、それは大城先生の実力で……っていうか、あの……」

小田雪哉が、頬を染めながら私を見つめる。

「作品はもちろん拝見してました。あの伝説の編集、天澤由明さんと一緒に働けるなんて。しかも彼の正体があの伝説の作家、高沢佳明さんだったなんて……僕、どうすれば……！」

「どうもしなくていい。真面目《まじめ》に自分の仕事をしろ」

高柳副編集長がため息混じりに言葉を遮る。

「ともかく。今後の仕事に影響が出るといけないので、彼の正体はオフレコで」

高柳副編集長の言葉に、そこにいる面々が深くうなずく。

「面倒なことをお願いして申し訳ありません」

私が言うと、高柳副編集長が、

「彼らはよく呑《の》むメンバーなので、酔って口を滑らせると面倒なので一応カミングアウトしただけだ。何かの拍子に高沢佳明がうちの編集部にいると知れたら、他社からの仕事依頼の電話が殺到するだろう。対応も面倒だしな」

言って肩をすくめる。頬を染めている小田雪哉の隣で、大城貴彦が冷静な顔のまま、

「本を書いていたのは大学時代でしたよね？　卒業と同時に筆を折ったとか」

「ええ。私は、自分がこのまま小説家として食べていけるとはとうてい思えませんでした」

私が正直に言うと、三人が驚きの声を上げる。大城貴彦は少し考えて、

「私も正直言ってファンなので、あなたが通用しないとは思えないですが……男としては、わからないでもないですね。小説家は収入の安定しない職業だし。今も、恋人のことを考えると本当に小説家を続けていいのか、転職するべきではないのか、と思うこともあるし」

「何言ってるんですか、大城先生！　恋人のことを考えるなら、いい作品を……！」

小田雪哉が叫び、大声を出したのが恥ずかしかったのか、真っ赤になって黙る。

「私は、創作することが怖くなってしまったのです」

私が言うと、四人の作家は不思議そうに目を見開く。紅井悠一が、

「創作すること……っていうか、〆切に追われるのが怖くなったんですよね？　その気持ちはオレもよ〜くわかります」

言って、深くうなずく。そして、高柳副編集長が横目で睨んでいることに気づいて、

「い、いや……もっと守れるように努力はしますけど……」

しどろもどろになって言い訳をしている。私は、

「〆切云々《うんぬん》ではなく、本当に創作することが怖くなったのです。私には、プロとしてやっていくには決定的な何かが欠けていました。だから続けるのはもう無理だと判断しました」

押野充が、膝に肘を置き、私のほうに身を乗り出して言う。

「欠けている？　文章力にはもちろん問題がないし、キャラクター設定も魅力的だった。ストーリー展開も派手ではありませんが、昔のハードボイルド小説を思い出すような渋い感じで素晴しかった。……ほかに、何が欠けていたというんですか？」

「作家である皆さんは当たり前に持っていて……しかし私のような凡人には、どんなに望んでも絶対に手に入らないものです」

「それって……？」

紅井悠一がとても不思議そうに言う。私は少し考え、それから、

「うまく表現できませんが……一言でいえば『作家でいられる才能』かな？　私には、それが決定的に欠けていたのです」

柚木つかさ

「ねえねえ、今までに何か書いたことある？」

あの会合から三日後、僕の部屋に遊びに来た小峰くんが聞く。

ここは中野にある僕のアパート。吉祥寺にある親の持ちマンションに住んでいるという彼は、とても珍しそうに和室の部屋を見回し、「すごく素敵だ。文豪の書斎みたい」と言ってくれた。

「いちおう、書きためたものがあるんだ。講義とアルバイトの合間に書いたから、あまりたくさんはないんだけど」

僕はちょっと恥ずかしいけれど、過去に書きためていた原稿を小峰君に見てもらうことにする。今までに書いたのは、原稿用紙で四、五百枚程度のものが三十本。プリントアウトしてあった紙の束を次々に出す僕を見て、小峰くんはものすごく驚いた顔をする。

「ちょっと待って。これ、全部つかさが書いたの？」

「あ、うん。でもすごく拙《つたな》い作品だし、読むのは大変だと思うから、もちろん全部読んで欲しいとは言わないし……これとかちょっと短いからいいかも」

僕が束を一つ差し出すと、小峰くんはそのページをぱらぱらとめくる。

「借りて行ってもいい？　家に帰ってから……」

そう言いながらも最初のページを読み始めてしまい……。

「ごめん、止まらなくなった。ちょっと読ませて」

そう言ってそのまますごい集中力で読み進め、まったく反応しなくなってしまう。僕は彼のためにお茶をいれたりしながら、なんだかすごくドキドキしていた。

……自分の作品を読んでもらうって、本当にすごいことなんだな……。

そして。ほぼ二時間後。

そのプリントアウトを読み終えた彼は、僕を見つめて言う。

「この話のキャラ、ものすごくいい。続きはないの？」

彼の言葉に僕は驚く。

「一応、スピンオフはあるよ。よかったら読む？」

「うん！　絶対に読む！」

彼は言ってくれるけど……僕は、コンビニのアルバイトの時間が迫っていることに気づく。

「ごめん、もうすぐ出かけなきゃ。よかったら持って行く？」

僕の言葉に、小峰くんはかぶりを振る。

「こんなにプロっぽい作品を持ち出すのは、なんだか気がひけるよ」

彼の言葉に、僕は驚いてしまう。

「よかったら、また遊びに来ていい？　その時に読ませてもらう」

その言葉に、僕はなんだかすごく嬉しくなってしまう。

「うん。いつでも来て」

アルバイトで生活費を稼ぎ、講義に出て、時間が空いたらすぐに部屋に帰って小説を書いた。だから大学の四年になるまで、まともに友人すらできなかった。僕は、小峰くんという本好きな友人ができたことが、なんだかすごく嬉しかったんだ。

「つかさの描く世界観はすごく好き！　オレがファン第一号だからね！」

小峰くんの言葉に、僕はものすごく幸せな気持ちになる。

……ああ、やっぱり誰かに読んでもらえるって、すごいことなんだ……。

◆

小峰くんはあれからよく僕の部屋に遊びに来るようになった。小峰くんの「つかさの小説は本当に面白い」という言葉に励まされ、僕は授業とバイトの合間を縫って、文学研究会の会誌に投稿するための作品を書き続けていた。

会誌にはページ制限がなく、投稿作品並みに長い原稿を書く先輩も多いと聞いた。だから僕も原稿用紙二百枚分を一気に書き上げた。分厚いプリントアウトを提出した時、ほかの会員達はかなりギョッとしていた。先輩はともかく、新会員達は全員が短編だった。だけど、この間宇田川先輩から励ましてもらえたし……。

……だけど。

「残念ながら、会誌への掲載が見送られるメンバーがいるんだ」

文学研究会の部室。宇田川さんが言い、小峰くんが隣の席で首を縮めている。

「絶対にオレだよ。だって短いわ、つまらないわで、自分でもヤバイと思ったんだ」

「柚木つかさくん」

僕は自分の名前を呼ばれて驚いて顔を上げる。宇田川さんは、ものすごく済まなそうな顔で僕に向かい、

「よく頑張ったね。だからすごく残念なんだけど……君の作品は会誌に載せられるレベルではないという結論に達したんだ」

……嘘……。

そう言われて、僕はとてもショックを受ける。

「新会員があんな長い作品を出すなんて。ま、中身がないから分厚かったんだろうけど」

「っていうか、見た目どおりにダサすぎたんじゃねえ？」

前にも馬鹿にしてきたメンバーが、クスクス笑いながらそう囁いているのが聞こえて、僕は必死で涙をこらえる。

……僕にはきっと物を書く才能なんて微塵《みじん》もない。もうそろそろあきらめて、筆を折った方がいいのかもしれない。

「柚木くんのほかに、数本、選外になった作品があります。まず……」

宇田川さんが何人かの名前を読み上げる。それから、プリントアウトの束を持ち上げる。

「これは、選外になった作品のプリントアウトだ。そして今からすることは、力を出し切れなかった自分への罰だと思って欲しい。これを糧《かて》に、次の作品は頑張ってくれ」

言って、いきなりその紙の束をデスクの脇のゴミ箱に放り込んだ。

……あ……。

僕はゴミ箱に入れられた自分の原稿を見て、不思議なほどのショックを受けていた。女性会員の一人が、いきなり泣きだす。データは手元にあるから、ただのプリントアウトといえばそれまでなんだけど……自分の作品がそんなことをされるところを見るのはつらい。

……やっぱり、ここは僕みたいなヤツがいていい場所じゃなかった。

僕は必死で涙をこらえながら思う。

……ごめん、小峰くん。でも、もう……。

「今日の部会はこれで解散だ」

磐浜会長が言い、会員達は三々五々立ち上がる。彼らは作品について楽しげに話しながら部屋を出て行く。

「つかさ、帰ろう」

小峰くんに肩を叩かれて、僕はよろけながら立ち上がる。

「柚木くん」

磐浜部長がいきなり僕に声をかけ、僕は驚いて顔を上げる。彼はなんだかとても怒ったような顔をして、

「気を落とさないように。こんなことで、研究会をやめたりはしないだろうね？」

その言葉に、僕は自分の気持ちを見透かされたような気がしてギクリとする。

「……でも……ここは、僕なんかがいていい場所じゃないと思うんです……」

僕は涙をこらえながら、彼に頭を下げる。

「……本当に申し訳ありません。退会届は、明日にでも学生課に提出します……」

必死でそれだけ言って、僕は部室を飛び出す。そして逃げるようにして廊下を歩く。しばらく歩いたところで、走ってきた小峰くんが僕に追いついた。

「つかさ、待ってよ」

「ごめん、小峰くん。君が居づらくなったりしなきゃいいんだけど……」

「っていうか、あんな会、オレだって辞めるし」

小峰くんの言葉に、僕は驚いてしまう。

「どうして？　小峰くんの作品は、会誌に掲載されるって決まっていたのに。……あ」

小峰くんの手に、プリントアウトがあったことに気づいて、僕は驚いてしまう。変わった形のクリップに見覚えがある。それは、小峰くんが提出した作品だった。

「短くたって、下手だって、あんなヤツらが作ってる会誌に掲載されたくないもん。きっちり取り返してきたぜ。オレも退会届を出す。……あっ！」

小峰くんがいきなり立ち止まって、

「オレ、馬鹿みたい。つかさのプリントアウトも拾ってくるんだった！　今から……」

「いいよ。一回ゴミ箱に入れられちゃったものだし。手が汚れちゃうよ」

踵を返そうとした彼を、僕は慌てて止める。

「それにもう、未練とかないし」

僕が言うと、小峰くんがつらそうなため息をつく。

「そっかあ。……でも、オレとは友達でいてね。つかさの作品、全部読み終わってないし」

彼の言葉に、僕はかなりホッとしながら笑う。

「うん。あの会には馴染めなかったけど、小峰くんと友達になれたから満足だよ」

「オレも！」

小峰くんが言って、僕に抱きついてくる。

「わっ！」

触れられるのが苦手な僕は思わず逃げてしまい、小峰くんが苦笑する。

「まったく、恥ずかしがりやなんだから！」

僕はなんだか少しだけ気持ちが楽になるのを感じながら、彼と並んで歩き始める。

「しかし……オレのが掲載でつかさのが選外なんて絶対におかしい。あの研究会のセンスってどうかしてる」

「そんなことないよ、小峰くんの作品はすごく素敵だったから掲載されて当然だよ」

僕は言うけれど、小峰くんの表情は晴れない。

「オレ、ほかの新会員の何人かに提出前の短編を読ませてもらった。その中には落選した子のもあったんだ。言っちゃ悪いけど、中学生が書いたポエムみたいな作品で、つかさのとは全然レベルが違ってた。あれと一緒に選外にされるなんてやっぱりおかしいよ」

小峰くんの様子に、僕は罪悪感を感じる。

……僕が選外だったことで、小峰くんに居心地の悪い思いをさせてしまった。しかも彼が入りたがっていた研究会を、僕のせいで退会させることになってしまったし。

少しだけ浮き上がった気持ちが、またどんどん落ち込んでいく。

……僕みたいなダメな人間には、小説を書く権利なんか、ないのかもしれない。

……僕はやっぱり、もう筆を折るべきなんだろうか？

◆

次の日の昼。僕と小峰くんは駅で待ち合わせ、講義に出る前に一緒に学生課に行った。そして退会届を提出した。学生課の職員さんは「あの研究会はちょっと特殊だからねえ」と気の毒がってくれた。とても厳しいせいで、続かない会員は多いみたいだ。

そして放課後、ひと気のないカフェで小峰くんの講義が終わるのを待っていた僕に声をかけたのは、あの宇田川さんだった。

「今、ちょっとだけ話をしていいかな？」

そう言われて、僕はちょっと青ざめながらうなずく。

……なんだろう？　急に退会したから、そのことを叱られるのかな？

怯えている僕に向かって、彼はいきなり頭を下げる。

「本当にごめん。プリントアウトをゴミ箱に捨てられたのがショックだった？　でもあれはあの研究会の伝統で仕方がなかったんだ」

「頭を上げてください。もちろん気にしていませんから」

慌てて言うと、彼は顔を上げ、とても苦しげな顔になる。

「実は……君の作品を選外にしたのは、磐浜会長やほかの幹部の指示だった。僕は、君の作品を素晴しいと思って選外にすることには反対したんだが……力不足ですまない」

「謝ったりしないでください。選外になったのは僕の実力がそこまでだったってことです」

「でも、さっき学生課から連絡をもらった。……退会届を提出したんだって？」

その言葉に僕はドキリとする。それから、

「はい。なんだかお騒がせしてすみませんでした。でも、僕にはあそこにいるだけの実力はとてもないってよくわかったので……」

「そうか。本当にすまなかったね」

彼は力なく微笑み、それから身を乗り出して言う。

「実は、僕は君の作品を読んで、すっかりファンになってしまったんだ」

「えっ？」

その言葉に、僕は本気で驚いてしまう。彼は少し照れたように、

「君にひどいことをしてしまった僕が、こんなことをお願いしたら呆《あき》れられるかもしれないけれど……君の作品はとても面白かった。だからほかの作品も読ませてもらえないかな？いきなりあれだけ長い物を書けるってことは、書きためていたものがあるんだろう？」

その言葉に、僕はものすごく嬉しくなる。

「ええ。三十本ほどたまっています。でも好きで書いているだけなので、レベルはすごく低いと思うんですが……」

「よかったら、全部見せてくれない？」

熱心に言われて、僕の鼓動が速くなる。

「もちろんです。今度、プリントアウトをお渡ししますから……」

「三十本分のプリントアウトを、学校まで持ってくるのは大変じゃない？」

……たしかにすごい量だから、僕はいいけど彼が持って帰るのが大変そうだ。

「作品データをメールに添付して送ってくれれば、そのまま画面で読めるんだけどな」

彼に言われて、僕はうなずく。

「わかりました。それなら持って帰る手間もないですね」

「助かるよ。これ、僕のメールアドレス。何か相談がある時にも、気軽にメールをしてくれていいから」

にっこり笑いながら、彼がメモを渡してくれる。

「わかりました。でしたら今夜にでもお送りしますね」

「ああ。すごく楽しみだよ」

彼は言って、アルバイトがあるから、とすぐに帰っていった。

……やっぱり、読みたいと言ってくれる人がいるのは、すごく幸せなことかもしれない。

僕は彼の後ろ姿を見ながら、チクリと胸が痛むのを感じる。

……僕に、これからも小説を書く権利があるかどうかは、まだ解《わか》らないけれど。

「……ええと……アドレスは間違っていないよね？」

僕は家に帰り、今までに書きためていた三十本分の小説のデータをテキストファイルにし、宇田川さんへのメールに添付した。

『宇田川副会長。

僕が書いた小説を送ります。

よかったら読んでみてください。

柚木』

簡単な本文を書き、重いけれど無事に到着するかな、と思いながら送信ボタンを押す。すぐにレスが来て、

『柚木くん

どうもありがとう、小説データ、無事に届いたよ。

これから読ませてもらう。楽しみだよ。

宇田川光二（PN　鵜川光次朗）』

彼のPNを見て、僕はちょっとドキリとする。

◆

……そうか、僕はプロの小説家さんに小説を送るなんていうとんでもないことをしてしまったんだな……。

それから、深いため息をつく。

「……彼が、僕の小説を読んでくれる、最後の人になるかもしれないな」

僕は三十本分のプリントアウトが入った書棚を見上げ、またため息。

「これ……どうしよう……？」

宇田川さんは面白いと言ってくれた。だけど、磐浜会長やほかの幹部達にダメだと言われたのはたしか。それは僕が才能がないことの証《あかし》だろう。

……そろそろ、子供みたいな夢はあきらめる時期なのかもしれない。

だけど、そう思うだけで僕の心は壊れそうになる。

……でも……このまま誰にも読んでもらえずに捨ててしまうのは、あまりにも不憫《ふびん》な気がする。せめて、宇田川さんみたいなプロの人に読んで欲しい気も……。

「……あっ」

僕はあることを思い出し、書棚の一番下に入れてあった雑誌を二冊取り出す。それはずっと憧れていた省林社の小説雑誌『現代文学』と、凌学《りょうがく》出版の小説雑誌『月刊凌学』。その最後の方のページをめくると、そこには新人賞の応募要項が載せられている。

「〆切は……両方とも、明後日《あさって》か」

僕は誌面を見ながら考え、それから決心する。

……この新人賞に、それぞれ一本ずつ作品を送る。もちろん入選するわけがないけれど、そうなれば、小説家になるなんて夢はあきらめられるかもしれない。

筆を折ることを考えるだけで、足元に空虚な穴が開いてしまったような気がする。

……あの高沢佳明さんも、筆を折る前にはこんな気持ちを味わっただろうか？

◆

「窓の鍵はかけた、電気ポットのコンセントは抜いた、テレビも消した……」

デイパックを背負い、靴を履いた僕は玄関で立ち止まり、狭いアパートの部屋を見渡して確認する。両親からも、二人の兄達からも、いつも「つかさは何をしてもダメだ」と言われ続けてきた。そのせいか、僕は何もかもに自信がない。さらに家にはお手伝いさんが何人もいてすべてをやってくれていたおかげで、僕は生活能力が皆無だ。

「あっ、エアコンをつけっぱなし」

僕は慌てて靴を脱いで部屋に入り、電気を点ける。ローテーブルの上に置いてあったリモコンを手にとってエアコンをオフにする。

「ふう、これでよし」

ため息をついて靴を履き、電気を消し、ドアを開けて外廊下に出る。ポケットから鍵を出そうとして、鍵がないことに気づく。

「あ、鍵がない」

慌ててドアを開けて中に入る。靴を脱いで部屋に上がり、電気を点け、冷蔵庫の上の鍵を取る。玄関に戻って靴を履いたところで、携帯電話の着信音が響いてきた。

「うわ、電話。っていうか、携帯電話を忘れてる」

僕は靴を脱いで部屋に上がり、電気を点け、充電器に差してあった携帯電話を取る。液晶画面を見下ろし……そしてそれが知らない番号であることに気づく。

……誰だろう？　間違い電話かな？

思いながらフリップを開き、通話ボタンを押す。

「……はい」

『夜分遅くに大変申し訳ありません。柚木つかさ先生の携帯電話でしょうか？』

いきなり聞こえてきた声に、僕はものすごく驚いてしまう。

……なんで、僕の名前を？　しかも、『先生』？

「あの……あなたは……？」

『こんばんは。凌学出版の大久保《おおくぼ》と申します』

……えっ？

その言葉に、僕はそのまま硬直する。

……凌学出版……？

『柚木つかさ先生でよろしいですね？』

畳み掛けるように言われて、僕は、

「は、はい、柚木ですが……でも、『先生』では……」

『凌学出版「月刊凌学」の新人賞への応募をありがとうございます。あなたの作品を拝見して、素晴しい才能をお持ちだと確信し、お電話を差し上げました』

まるでセールスマンみたいな流れるような口調に、僕は呆然とする。

『ともかく、お話がしたいんです。今すぐに会ってくださいませんか？』

僕は壁にかけた時計を見上げて、十一時五分過ぎであることを確認する。

……こんな遅い時間に？　しかもコンビの深夜バイトは十一時半から。店まではどう急いでも二十分はかかるから、もう出ないとぎりぎりだ。

「申し訳ありません、これからアルバイトに出かけるので……」

僕は言いながら靴を履き、電気を消し、慌てて部屋を出る。鍵をかけずに廊下を歩き出してしまい、慌てて戻って鍵をかける。

『でしたらアルバイトの後にでも会っていただけませんか？』

彼がしつこく言い募ってきたことに僕は驚いてしまう。

「ええと、これから朝までアルバイトなんです。だから……」

『アルバイト先はどこですか？　今からうかがうこともできますよ』

「そ、それは困ります。この時間は店長も一緒なのでサボれません」

僕は言いながら、アパートの階段を駆け下りる。途中でつまづきそうになって慌てて手摺《てす》りにつかまる。

『アルバイトが終わるのは何時ですか？　その時間にお迎えにうかがいます』

「アルバイトが終わったら、その足で大学に向かいます。明日は朝から講義があるので……」

『そんなことを言わずに、少しくらいお時間いただけませんか？』

相手のあまりの押しの強さに僕は少し怖くなる。

……もしかしたら、僕は何か悪いことをしてしまったんだろうか？　それとも凌学出版って言うのは嘘で、何かの勧誘だろうか？

結局、彼は店に到着するまでずっと話し続け、しつこくバイト先の場所を聞きたがった。

僕は「来られても困ります」と必死で繰り返し……それだけで疲れ果ててしまった。

『あなたをすぐにデビューさせます。同時に新人賞も取らせてそれを宣伝にします。悪い話ではないですよね？』

バックヤードで荷物をロッカーに入れる間も、彼はまだしゃべり続けていた。

『うちの初版部数は業界一ですよ。すぐにあなたはお金持ちに……』

「本当に申し訳ありません。もうバイトの時間なので切ります。すみません」

　バックヤードに入って来た店長にギロリと睨まれて、僕は慌てて通話を切る。

　……なんだろう？　憧れの凌学出版からの電話だったのに、なんだかすごく怖い。

　僕はミスを連発して店長に叱《しか》られながらもなんとかアルバイトをこなした。そして休憩時間に携帯電話を見て……着信履歴が彼からの電話でいっぱいなことに気づいて青ざめた。

「あなたをすぐにデビューさせます。同時に新人賞も取らせてそれを宣伝にします」という彼の言葉が、僕の中でとてもひっかかっていた。

　……デビューできるなんて夢みたいに嬉しい。でもデビューが決まっている人に新人賞をとらせるのって、世に言う出来レースってやつじゃないのかな？　だとしたら、真面目に作品を書いて応募してきたほかの小説家志望の人達にすごく失礼じゃないのかな？

　僕は思い……また携帯電話が振動し、液晶画面にさっきのナンバーが表示されたのを見て、胃がズキリと痛むのを感じる。慌てて消音モードにしながら、ため息をつく。

　……もしかしたら出版業界ってものすごく怖いところ？　僕みたいなヤツが投稿したのは間違いだったんだろうか？

◆

「……ふう」

コンビニで朝まで働き、そのまま大学に向かって一時限目の講義を受けた。今日の講義はそれだけだったから、僕は早めにアパートに帰って昼近くまで寝てそれから部屋を徹底的に掃除した。全開にした窓の窓枠に座って、青空を見上げながら一休みしている。

僕の実家はかなり裕福な方といわれているし、祖父はセキュリティーのしっかりした場所に住みなさいって言ってくれたけれど……医師を引退して悠々自適に暮らしている祖父に高い家賃を払わせるわけにはいかない。僕は「安くてセキュリティーのしっかりしたいい物件が見つかった」と言って、このちょっと崩れそうなぼろアパートに住んでいる。とはいえ。たしかに古いけれど住んでいるのは早稲川大学の大学生……しかも運動部の人ばかり。一階には大家さん夫婦がいるし、庭にはラブラドールの雑種のシロがいて番犬をしてくれてる。だからセキュリティーとしてはけっこういい。部屋は六畳で狭いけれど、僕の大切な物といえば本だけ。壁に置いた本棚には、好きな本と、自分が書きためた原稿のプリントアウトが並んでる。僕は、この生活には満足しているはずで……。

ブルル、ブルル。

ローテーブルの上に置いた携帯電話が振動し、僕はギクリと震えてしまう。

……また、あの人だろうか？

昨夜からずっと僕に電話をかけ続けている凌学出版の大久保さんが、僕はなんだかとても怖くなっていた。たしかに彼は「会ってくれ」ととても粘り強く電話をしてくるし、そのしつこさは怖いといえば怖い。だけどそれだけじゃなくて……。

……どうしてだろう？　会ったこともないのにこんなことを思うのは失礼なのに。

まるでやり手のセールスマンみたいな畳み掛けるような話し方、そこかしこに自慢がちりばめられている話の内容、どちらも好感が持てなかったけれど……僕が一番ダメだったのは、彼の声だった。

彼は、いかにもハンサムだろうなっていう感じの自信に溢れた声をしていたけれど……その声の奥に何か粘つくような響きがあって、僕はどうしても好きになれなかった。彼の声を聞いている間中、僕の中には乾く前の、ベタベタとした接着剤のイメージが浮かんでいた。あの声で話し続けられると、判断力を失って引きずり込まれそうになる。いったん引きずり込まれたら、だんだんと接着剤が固まって、きっと身動きができなくなって……。

振動していた電話がぴたりと止まる。僕はホッとして息を吐き、自分が緊張のあまり手に汗をかいてしまっていることに気づく。このままでは、ストレスのあまり神経が擦り減りそうだ。僕は窓枠から立ち上がり、部屋を横切ってローテーブルの電話に手を伸ばす。

……本当に申し訳ないけれど、電源を切ってしまおう。このままじゃ、怖さのあまりおかしくなりそうで……。

僕が携帯電話に手を出した瞬間に、また電話が振動を始めた。僕は泣きそうになりながらそれを取り上げ、電源を切ろうとして……。

「……あれ？」

大久保編集長は、凌学出版のオフィスと自分の携帯電話から、僕に電話をかけ続けていた。着信履歴にびっしりと並んだそれらの数字は恐怖以外の何ものでもなく……怖さのあまり僕はそのナンバーをすっかり覚えてしまった。だけど今液晶画面に表示されているのは、そのどちらでもない、見覚えのないナンバーだった。最初は都内であることを示す『03』で始まっているけれど、その次に続く数字が凌学出版とは違う。大久保編集長が同じ建物の別の部署からかけているとかではないみたいだ。

……大久保編集長じゃ、ない？　いや、でも別の場所からってこともあるかも？　でももしも別の人からだったら無視するのはすごく申し訳ないし……。

僕は恐る恐るフリップを開き、そして勇気を出して通話ボタンを押す。

「……はい……」

僕の声は、まるで別人みたいにかすれていた。

『突然のお電話を申し訳ありません』

流れてきたのは、明るいイメージのすごい美声だった。いかにも東京の人らしい明快な発音と、歯切れのいい話し方にすごく好感が持てる。

……違う人からだった。しかもすごくいい声……。

『省林社の高柳と申します。柚木つかささんの携帯電話でよろしいでしょうか？』

僕は受話口から流れてくる美声に聞きほれ……それから、やっと彼が何を言っているかに気づく。

……省林社？

僕はいったいなんのことだろうと目を見開き……そして自分が省林社にも原稿を送っていたことをやっと思い出す。

……もしかしてその件？　僕はなにかとんでもないミスをして、それで省林社からも叱られるんだろうか？

「……はい、柚木ですが……」

僕の口から緊張に震える声が漏れる。

『初めまして、省林社文芸部門第一編集部の副編集長をしております高柳と申します。今、少しだけお時間をいただくことは可能ですか？』

「……あ、はい……大丈夫ですけど……」

僕の心臓の鼓動が、壊れそうなほど速くなってくる。

……物心ついたときから省林社の本を読んできた。そして省林社から発行された高沢佳明さんの本を読んで小説家になりたいと思った。その省林社の人と、電話してるなんて！

『投稿作、拝見しました。とても素晴しかった。投稿作とは思えないほどのレベルでした』

彼の言葉を、信じられないような気持ちで僕は聞く。

「……ありがとうございます……」

必死でお礼を言うけれど、緊張のあまり声が震えて、まるで怒ってるみたいにしか聞こえない。

『私はあなたが描いた世界に魅了されました。心から続編が待ち遠しいです。編集者としてはもちろんですが、ただの一小説好きとしても』

彼の流麗な言葉に、僕は陶然と聞きほれる。

……もしかして、これって夢だろうか？　僕はバイトと講義の疲れで、畳の上で昼寝をしているだけ？

『率直に言えば、柚木さんの本を、うちの会社から発刊できたらとても嬉しいです。それについて、できればお会いして直接お話できたらと思います』

僕の心臓が、ドクン、と高鳴った。

僕は人が嫌いで、初対面の人と二人きりで会うなんて思っただけで失神しそうだ。だけど、なんだか……。

『もちろん、柚木さんのお時間が空いた時で構いません。ですが大学の四年生ということですから、卒論や講義もお忙しいでしょう。もし時間をいただくのがご無理なようでしたら、省林社が作家さんと交わしている契約条件について文書にしてお送りします。まずはそれを読んで、ゆっくりご検討いただければ結構ですよ』

彼は自信に満ちた美声とはうらはらに、僕を気遣うように言ってくれる。

僕の心の奥深い場所から、今までに感じたことのないような激しい気持ちが湧いてくる。

……考えたら怖くて逃げたくなる。この機会を、逃がしちゃダメだ……。

「……あの……」

僕は何かに突き動かされるように、言ってしまう。

「……今日の午後なら空いていますが……」

それから、自分が何を言ったかにやっと気づいて、

「あ、いえ、きっとお忙しいと思うのでダメならほかの日でも……」

『いいえ。では、今日の午後に』

彼はきっぱりと僕の言葉を遮り、それから何時くらいがいいか、僕がどこで打ち合わせをしたいか、希望を聞いてくれる。ともかく今すぐに会ってくれ、家まで行かせてくれ、の一点張りだった大久保編集長とはまったく違う対応に、僕はとてもホッとして……。

電話がまた振動し、僕はさっきまで話していた高柳副編集長からかと思って、フリップを開けようとする。だけど表示されていたのがあの大久保編集長の携帯電話だったことに気づいて、電話を鞄の中に放り込む。

……ああ、彼のこともずっと無視するわけにはいかない。

◆

……考えてみれば、電話をもらってすぐに呼び出すなんて、ものすごく失礼かも？　考えたら、自分がとんでもないことをした気がしてくる。だから僕はなるべく考えないようにして、いつものように洗濯物を干し、アイロンをかけ、お風呂に入り……そして待ち合わせ場所に指定した中野の駅前の喫茶店に向かっていた。

その喫茶店はまるで廃屋のように古い。店の外側はびっしりと蔦《つた》に覆われて、窓とドアにはまっているガラスは歪《ゆが》んで曇っている。小さなテーブルが三つとカウンターがあるだけの狭い店内では、馴染みのマスターがとても美味《おい》しいコーヒーやココアをいれてくれる。音響がとてもよくて、僕のお気に入りの店だ。

……落ち着け、自分。

今にも崩れそうな外観を持つその店の外に立ち、僕は胸に手を当てて深呼吸をする。

……せっかく時間を作ってくれたんだから、失礼のないようにしないと……。

僕はドアに近づき、ドアに取り付けられたガラスからそっと店の中を覗《のぞ》き込む。

窓際の席に、背の高い男性が一人座っている。長身だけどごつさのないダンサーみたいな

体形を、仕立てのいいスーツが包んでいる。艶《つや》のある茶色の髪が、陽光を反射してキラキラと煌めいている。そして彼は見とれてしまいそうなほどの美形だった。

彼は手を伸ばし、長い指でカップを支えてコーヒーを飲む。

……きっと、あれが電話をして来てくれた高柳さんだ……。

上品で優しい口調に似合ったその静謐《せいひつ》な雰囲気に、僕は鼓動が速くなるのを感じる。

……なんだか、すごい美形だ……。

僕は気圧されてしまいながらも、なんとか勇気を振り絞る。ドアを押すと、つけられているカウベルが鳴る、その美しい男性がこちらを振り向いたことに気づいて、僕は慌てて視線を落とす。

……やっぱり、すごい美形だ……。

僕はカウンターに近寄って、馴染みのマスターにぺこりと頭を下げて挨拶をする。

「……いつものを一つお願いします」

マスターに囁いてから、彼が座っているテーブルに向かう。

「……あの」

唇から出たのは、BGMにかき消されそうな小さな声だった。

彼は顔を上げ……そして僕は間近で見る彼の麗しさに思わず見とれてしまう。

……すごい美形、本当に、王子様みたい……。

「ああ、すみません。ここは君の指定席？　だったらすぐに……」

彼は僕が待ち合わせの相手だとは思わなかったのか、席を立とうとする。それからふと何かに気づいたように動きを止める。

「もしかして……」

彼は僕を見上げながら言う。

「……あなたが、柚木つかささん、ですか？」

僕は恥ずかしさにうつむいたまま一瞬黙り、それから小さくうなずく。

「はい」

彼は慌てたように立ち上がり、テーブルを回り込んで僕のために椅子を引いてくれる。

「失礼しました。どうぞ」

言われて、僕はちょっと呆然としてしまう。

……すごい、紳士なんだな。

「ありがとうございます」

僕はお辞儀をして、とても緊張しながら椅子に座る。彼は向い側に座り、優雅な仕草で内ポケットから名刺入れを取り出す。その中から名刺を引き抜く。

「お呼びたてして申し訳ありません。省林社第一文芸部の副編集長、高柳と申します」

差し出された名刺を、僕は緊張しながら受け取る。

「副編集長、さん」

……こんなに若いのに、偉い人なんだ。きっと仕事ができるんだろうな。

僕は陶然とし、それから自分が名刺を持っていないことに気づく。

「すみません。僕はただの大学生なので名刺とかは……」

「大丈夫ですよ、あなたのプロフィールは、応募要項に書いてありましたし」

彼がそう言ってくれて、僕はホッとする。彼の優しい美声は、僕をすごく安心させてくれるみたいだ。

……ああ、こんな人と仕事ができたら、どんなに素敵だろう……？

僕は自分の人見知りも忘れて彼と時間を忘れて話した。そして……昨夜からずっとかかり続けている凌学出版の編集長からの電話についてもつい口にしてしまった。

「別の作品だからいいと思いました。同じ時期に別の会社に投稿するのはとても悪いことだったでしょうか？　大久保さんは、僕に文句を言うために来ようとしていたとか？」

僕はあの怖さを思い出しながら言う。彼は、

「いや、大久保さんがしつこいのはそういう理由ではありません。うちと凌学出版はいろいろと因縁のあるライバル会社で、大久保さんは私のやり方を熟知している。それでしつこく会ってくれと言ったのだと思いますよ。じゃあ、次に彼から電話があったら……」

彼の言葉を合図にしたかのように、僕のポケットの中で携帯電話が振動した。

……あ……きっと、大久保さんだ……。

僕は全身から血の気が引くような怯えを感じる。

……本当に、勘弁して欲しい……。

「どうぞ、出てくださって構いません」

「すみません」

僕は断って電話をポケットから取り出し、液晶画面を見てまた青ざめる。

「……あっ」

……やっぱり……。

「大久保さんですか？」

僕がうなずくと、彼は手を差し出す。

「もしもお嫌でなければ、私が彼に話をしましょう」

「本当にすみません。でも、なんだか……」

「大久保さんが怖いんでしょう？　その判断は正しいですよ」

僕が電話を渡すと、彼は携帯電話の通話をオンにする。電話の向こうから、大久保さんがあのセールスマンのような口調でしゃべり続けているのが微かに聞こえてきて、僕はさらに血の気が引くのを感じる。高柳副編集長はしばらく聞いてから、おもむろに言う。

「お久しぶりです、大久保さん。省林社の高柳です」

電話の向こうで、驚いたように何かを言う声が聞こえる。高柳副編集長は、

「実は今、柚木先生と打ち合わせの最中なんです。柚木先生は手が離せませんので、代わりに私がご用件をお聞きしますよ」

あの大久保さんにもまったく動じずに話している彼が……なんだかものすごく格好よく見える。

「そうそう。柚木先生には大学の講義がありますし、さらにこれからは我が社の小説の執筆にも入らなくてはなりません。しつこい電話や訪問はご遠慮いただけますか？」

電話の向こうの相手が何かを言い、高柳副編集長が電話を切る。

「し、叱られませんでしたか？」

僕が言うと、彼はにっこりと微笑んで、

「大丈夫ですよ。これで悪い男は撃退できたでしょう。私は正義の騎士かな？」

僕は驚いて目を見開き、それから小さく噴き出してしまう。

「高柳さんって、ハンサムなだけでなくすごくいい方なんですね」

……ああ、本当に彼と仕事ができたらとても楽しそうだ。

天澤由明

「高沢先生……ではなく、天澤くん、ですね」

私の横を歩きながら、太田編集長が照れたように言う。

「なんだか、まだ慣れないなあ」

修陽社での引き継ぎをほぼ終えた私は、徒歩十分ほどの場所にある省林社の総務部に書類を提出しに来ていた。そこに顔を出した太田編集長が、「せっかくだから編集部に寄っていって」と誘ってくれた。

「あの後、すぐに両親が離婚して、姓が高沢から天澤に変わりましたから」

私が言うと、太田編集長はうなずいて、

「あの当時は、本名が高沢由明で、ペンネームが高沢佳明。前は名前を一文字を変えただけだったのに、今では姓まで変わってしまった。見つけられなくて当然ですよね。凄腕編集・天澤由明の名前なら、業界中で伝説になっていたのに」

彼は感慨深げに言う。

「天澤くん。筆を折った後でも、折々に挨拶の手紙や贈り物を送ってくれてありがとう。妻もとても喜んでいました。『高沢佳明』の名前があるだけでリターンアドレスがなかったから、こちらからはお礼の手紙も出せなかったけれど」

「太田さん……ではなく、今は太田編集長、ですね」

私は、彼のあたたかな雰囲気に癒《いや》される気がしながら言う。

「福田編集長から折々に噂は聞いていました。本当にお変わりないですね」

私の言葉に、彼はまるで本当の親のように優しい目で私を眺める。

「君は当時からすごい美青年だったけれど、この数年で本当にハンサムになったね。大人になると同時に迫力も備わったみたいだし。『天澤由明が担当した作品は必ずベストセラーになる』『天澤由明はベテラン作家に大きな賞を取らせる』……その伝説も、うなずける気がします。実際に、君はたくさんの先生方に受賞作を書かせたわけだし」

「必ずベストセラーというのは言いすぎですし、受賞はもちろん先生方の実力です。私はほんの少しお手伝いしただけです」

太田編集長は、謙遜して、と笑い、それから、

「福田くんも人が悪いよ。私が『高沢佳明先生が筆を折ってしまった。しかも今では音信不通だ』と嘆いていた時に、ちゃっかり自分の下で働かせていたんだからなあ」

ため息をつく。私はチクリと罪悪感が疼《うず》くのを感じながら、

「申し訳ありません。私が秘密にしてくれるようにお願いしたのです。あなたとの仕事は本当に楽しかったので、連絡をいただけば心が動きそうでした。それに、せっかく育てていただいたのに筆を折ってしまったという罪悪感もありましたから」

「修陽社の編集者と省林社の編集者の合同飲み会も何度かあったよね。でも噂の凄腕編集、天澤由明はついに姿を見せなかったもんなあ」

「楽しそうではありましたが、顔を見られたら素性がばれてしまいますので」

「でも、これからは心置きなく飲み会にも参加してよ」

太田編集長は楽しげに言う。

「うちの編集部は普段はノンビリしているけれど、なかなかの兵《つわもの》揃い。楽しいよ」

言いながら、廊下の突き当たりにあるドアを開く。中からは聞き馴染みのある編集部独特のざわめきが聞こえていた。編集部と制作部が隣り合っているようで、部屋は広く、かなりの人数がこのフロアで働いているようだ。

「編集部の皆さん、紹介したい人がいるから集まってくれますか？」

太田編集長の声に、忙しく働いていた編集部員達が顔を上げる。そして私を見て驚いた顔をし、慌てて集まってくる。数日前にムーンバックスで紹介された小田雪哉が、嬉しそうに笑いながらぺこりとお辞儀をする。

「前にもお話ししたと思いますが、来月からこの部署に入ってくれる天澤由明さんです。修陽社の文芸で編集をしていた凄腕ですよ」

「天澤由明です。よろしくお願いいたします」

私が言うと、彼らは興味津々の顔で会釈を返してくれる。ベテランらしい女性が、

「お名前はずっと前から聞いてます。先生方に次々に賞を取らせる伝説の編集さんって」

言った言葉に、ほかの部員たちがうなずいている。

「とりあえず、ちょっとした顔見せなので、ざっと名前だけ」

太田編集長が言って、編集部員を一人一人示しながら紹介を始める。

「彼は尾方《おがた》さん。もとは営業企画部にいた人だから数字には強いよ。彼女が田代《たしろ》さん、こっちの彼女がアルバイトの白井《しらい》さん。小田くんとはもう面識があるんですよね？」

「はい、高柳副編集長から以前にご紹介いただきました」

「小田くん、抜け駆け～」

「そうですよ、ズルいですよ～」

小田雪哉が、田代女史とアルバイトの女性に両側からくすぐられて笑っている。太田編集長が部屋の中を見渡して、

「あれ、高柳副編集長は？」

「あはは……あ、高柳副編集長は、柚木先生を迎えに駅まで行ったところなんです」

小田雪哉が答え、廊下の方をすかし見る。

「もう戻ってくると思うんですけど……下まで探しに行きましょうか？」

「高柳副編集長と天澤くんは、もう面識があるからいいでしょう。彼が総務に来てるところを偶然に捕まえただけなんです。正式な紹介や歓迎会はまた後日」

太田編集長が言って、私を見上げてくる。

「バタバタしていてすみません。もうすぐ、省林社からデビュー予定の期待の新人作家さんが編集部に遊びに来ます。一応挨拶をしていきますか？」

私は手を上げ、腕時計で時間を確認する。

「申し訳ありません。まだ仕事が残っていて……この後すぐに会議があるのです」

「そうですか。まあ、その先生ともおいおいお会いできると思います。ともかく……」

彼は私を見上げて、にっこり笑ってくれる。

「一緒に仕事ができて嬉しいです。よろしくお願いいたします」

柚木つかさ

……これが、憧れの省林社編集部……。

ソファに座った僕は、部屋の中を見回しながら思う。

……ドキドキして気絶しそう。でも、すごく嬉しい……。

初めて訪れた出版社の内部は、シンプルで綺麗《きれい》でちょっと緊張した。だけど編集部に入ったら、デスクに書類が山積みになっていたり、ソファの上に資料が散らかっていたりしてた。想像通りの雑然とした感じに、僕はなんだか落ち着いてしまっている。

……もちろん、高柳副編集長がそばにいてくれるからってこともあるんだけど。

僕は思いながら、編集の小田さんが買って来てくれたカフェ・ラテを飲もうとして……また眼鏡を曇らせてしまう。

……ああ、またやっちゃった……。

ちょっと赤くなりながら、僕は眼鏡を取って曇りを慌てて拭《ふ》く。

「あの……コンタクトにはしないんですか？　目が弱くて眼科医にとめられているとか？」

高柳副編集長に聞かれて、僕は首を傾《かし》げる。

「さあ、どうでしょう？　眼科に行ったりするのがなんだか面倒で、一度も考えたことがありませんでした」

「コンタクトの方がいいですよ。眼鏡を取るととても綺麗なんだから」

高柳副編集長に言われて、僕はドキリとする。

「……え？」

……綺麗？　僕が？　まさか……。

僕は近視の上に乱視がひどくて、分厚いレンズの眼鏡をかけないと人の顔がよく見えない。自分の顔を見る時にはいつも眼鏡をかけていて、自分の素顔はもう何年も見たことがない。まあ、アパートのお風呂場や洗面所には古くて曇った鏡しかないし、自分の顔が綺麗なわけがないことはよく解っているから、出先のトイレで鏡をマジマジと見たりもしないけど。

……だけど……。

高柳副編集長みたいなハンサムな人にそんなことを言われると、なんだかちょっとだけ、自分が別人になれたような気がして……頬が熱くなる。

……もちろん、彼が僕を励ますために『綺麗』なんて言葉を使ってくれたことはよく解ってる。だけど、ずっと顔を隠してきたこの眼鏡を取ったら、少しは変われるだろうか？

「ああ、いや、すみません。ただ、そう思っただけですから。気になさらないでください」

僕の沈黙を拒絶と取ったのか、高柳副編集長が、気を使うように言ってくれる。

「……コンタクト……興味がないわけじゃないんです」

僕が勇気を出して言うと、高柳副編集長がホッとしたように微笑んでくれる。

「よかったら、知り合いの眼科医を紹介しますよ。吉祥寺ですからお宅から近いでしょう。恥ずかしかったら私が同行します。視力が落ちてきたからそろそろ検査に行こうと思っていたし」

「本当ですか？」

僕はなんだか嬉しくなりながら言う。それから視界がボケていることに気づいて、慌てて眼鏡をかける。

……コンタクトをしたら、素顔で歩かなきゃならない。きっと勇気が要《い》るだろうけど、でもやっぱり少し強くなれそうな気がする。

「そういえば……」

高柳副編集長が、僕の顔を見つめながら言う。

「本が出るとなったら、プロフィール写真を載せなくてはいけません」

「……写真……？」

その言葉に、僕は思わず身体をこわばらせる。

写真に写る時、僕はいつもこの分厚い黒縁眼鏡をかけている。ハンサムな兄達からはいつも笑われてきたし、自分でも写真を見ては泣きそうになっていた。

「僕……自分の見た目が、すごく変なこと、よくわかってるので……」

「はい、私にやらせてください！」

女性編集者の田代さんがいきなり手を挙げて言い、僕は驚いてしまう。

「『田代さんにヘアメイクとコーディネイトを任せると美しいプロフィール写真になる』って、女流作家の間で評判なんです！」

彼女は楽しそうに言いながら立ち上がり、ツカツカと僕に近寄ってきて、

「若いし、髪も肌もめちゃくちゃ綺麗。女性から見て、うらやましい限りです。せっかくだから、一度は変身してみたらどうですか？」

僕は突然のことに呆然としながら、でもこれもチャンスだ、と思う。

……もしも少しでも見た目が変われば、僕のこのウジウジした中身も少しは変えることができるだろうか……？

「それって……なんだか少し楽しそうですね」

僕は真っ赤になりながらも、勇気を出して言う。田代さんは嬉しそうに微笑んで、

「せっかくだから、すぐに試してみません？　服は小田くんとちょうど同じくらいのサイズかしら？　コンタクトは間に合わないけれど、写真を撮る間くらいは問題ないでしょう？」

「急な接待のための予備の服が、ロッカーにあります」

小田雪哉さんが立ち上がって言う。

「柚木先生に似合いそうなのもあるかも」

僕は話の進み方があまりに早くて、驚いてしまう。

……まさか、すぐにやるなんて……！

「じゃあ、それを借りて、と。ミーティングルームで着替えましょう、柚木先生」

田代さんが問答無用の口調で僕に言い、僕は思わず立ち上がる。

「高柳副編集長はここで待っていてください。お楽しみに！」

「……気負わなくて大丈夫ですよ、柚木先生」

小田さんが可笑しそうに囁いてくれる。

「……田代さん、人を変身させるのが大好きなんです。僕もいろいろコーディネイトされてます。でも自分で選ばない柄のネクタイとかすると、意外な発見があったりして楽しいんですよね」

「久しぶりだから、張り切っちゃうわよ！　二人とも、早くついて来て！」

田代さんにせかされて部屋を出ながら、僕は心が浮き立ってくるのを感じていた。

……なんだか、楽しそうな職場。

この人達と仕事ができるのかと思っただけで、ちょっとドキドキしてくる。

……仕事をするのが、なんだかすごく楽しみになってきた……。

◆

僕と高柳副編集長、そして編集の小田さんは、省林社の人達の行きつけだという銀座五丁目の『シングル・バレル』という店にいた。高柳副編集長に「このまま銀座で飲みましょう。そこで写真の撮影を」って言われた時には少し怯えてしまったけれど、ここはレンガ造りの外観を持つすごく落ち着いた店で、僕は一目で好きになってしまった。

省林社の会議室で、田代さんは僕の髪にいい香りのヘアムースをごく少量だけつけ、ドライヤーを使って丁寧にセットしてくれた。その後で、小田さんが貸してくれたすごく素敵な服に着替えた。シンプルなシャツとスラックスだけど、とてもいい素材で仕立てられていて……その着心地のよさに僕はうっとりしてしまった。

「撮影になったら眼鏡を外してくださいね。その眼鏡をかけているところもとても可愛いですが、普段とは違う自分になるのも楽しいでしょう」

高柳副編集長が言い、僕はうなずく。

自分の容姿にコンプレックスがあるから、僕は写真がとても嫌いだ。避けられない時はやむを得ず写るけれど……写真の中の僕は、前髪をたらして俯《うつむ》いて、いつにもましてむさくるしい。考えるだけで逃げてしまいたくなる。

……でも、顔をさらして写真を撮られる。これは僕にとって、本当に大きな冒険。背筋を冷たい恐れが走るけれど、僕は必死で怯えを抑え込む。

……でも、これが、少しだけ変わるための第一歩になる気がするんだ。

撮影前に顔が赤くなってはいけないので、僕はノンアルコールの『クール・コリンズ』、お酒に弱いという小田さんはやはりノンアルコールの『サラトガ・クーラー』というカクテルをそれぞれ飲んでいる。高柳副編集長が教えてくれて初めて飲んだノンアルコールカクテルは、ソーダで割ったレモンジュースにたっぷりの生のミントの葉を入れたもの。爽《さわ》やかで、お洒落で、すごく美味しい。

「もうすぐ知り合いのデザイナーが来ます。写真が得意な男ですので、彼にプロフィール写真を撮らせましょう」

高柳副編集長が、楽しそうにグラスを揺らしながら言う。彼の長い指に挟まれたクリスタルのグラスには、とても美しい琥珀《こはくいろ》色の液体。どうやら年代もののバーボンらしい。

……ハンサムな人って、飲むものまでお洒落なんだなあ。

僕は彼の様子に見とれ、高柳副編集長を次回作に出てくるキャラクターのモデルにしよう、と心に決める。

「彼は装丁のデザインもしていて、大城貴彦の次回作の装丁も手がけるかもしれません。猶木賞をとった『ヴェネツィア』の続編ですが」

「大城貴彦さんの次回作ですか！」

いきなり出てきた猶木賞作家の名前に、僕は驚いてしまう。僕はとても美しかった『ヴェネツィア』の装丁を思い出して、

「前作も有名な装丁デザイナーさんが手がけていらっしゃいましたよね。……ええと……あ、羽田耀司《はねだようじ》さん！　もしかして、羽田さんがいらっしゃるのですか？」

僕が言うと、高柳副編集長と小田さんは複雑な表情で顔を見合わせる。高柳副編集長が苦笑を浮かべながら、

「とてもお詳しいんですね。デザイナーの名前まで覚えているなんて」

「はい。本の装丁には興味がありますし、大城貴彦さんはとても好きな作家さんですから」

僕が言うと、二人はまた顔を見合わせ、なぜだか小田さんがちょっと頬を赤らめる。そういえば彼は大城貴彦さんの担当をしているって聞いた。自分が担当する作家さんを褒められるのは、やっぱり嬉しいのかもしれない。

高柳副編集長は、コホン、と咳払いをして、

「事情があって、次回作のデザインは羽田耀司氏ではありません。五嶋雅春《ごとうまさはる》氏の名前をご存知ですか？」

高柳副編集長の言葉に、僕は驚いて思わず身を乗り出す。

「五嶋さんもとても有名ですよね。英国ファンタジーの『魔法の石』で大きなデザイン賞を

取ったし。僕、すごくファンなんです」

僕は、彼がデザインした美しい本達を思い出す。

「彼は自分の撮った写真に加工して、とても独特の美しい画面を作り上げますよね。もしもプロの作家になれたら、いつかは五嶋雅春さんに本の装丁をお願いしたい……なんて夢見たことも……」

「これからくるのは、その五嶋雅春氏ですよ」

高柳副編集長のことばに、僕はものすごく驚いてしまう。

「じゃあ、写真を撮ってくれるっていうのは……」

「もちろん五嶋です。あなたの記念すべき第一作の本に載るかもしれないプロフィール写真だ。いい写真が撮れるといいですね」

その言葉に、僕は呆然としてしまう。

「……嘘……あの有名な五嶋雅春さんが、僕なんかの写真を……?」

「『なんか』って言ったらダメですよ、柚木先生。せっかくこんなに……」

小田くんがたしなめるように言いかけ、それから店の入り口の方に目をやって「あ」と声を上げる。

「五嶋さん！　こんばんは！」

小田さんが言って立ち上がり、ぺこりと挨拶をする。小田さんの向かい側にいた高柳副編集長が振り返り、同じ方を見てチラリと手を上げる。

……もしかして、五嶋雅春さんが来たのか……？

僕は慌ててそっちに目をやり……そこに背の高いとても見目麗しい男性が立っていることに気づく。僕は、いかにもオトナの男って感じの彼に思わず見とれる。

「……格好いい。デザイナーの五嶋雅春さんって、こんなハンサムだったんだ……」

僕が思わず呟くと、小田さんが嬉しそうに囁いてくれる。

「そうなんです。五嶋さん、めちゃくちゃ格好いいんですよ」

男性が店の中に入ってきたことに気づき、僕は慌てて眼鏡を外して鞄《かばん》に入れる。立ち上がり、できるだけ丁寧にお辞儀をする。

「こんばんは、初めまして。柚木つかさと申します」

「デザイナーの五嶋雅春です。初めまして」

「あまりに美青年だから、びっくりしただろう？」

高柳副編集長が言って、彼に空いている席を示す。それから五嶋さんに向かって、

「実は、明日、柚木先生のデビューの件を会議にかけられることになった。新人賞に応募してきた人間をいきなり引き抜くなんて、前代未聞だからな。どうせなら柚木先生の最高の写真を見せて、幹部の度肝を抜きたい」

言って、楽しそうに笑いながら五嶋さんを見上げる。

「だから、彼を撮ってくれないか？　ギャラはこの店にある最高のバーボンで」

「……まったく。ちゃっかりしている」

五嶋さんは呆れたように言うけれど、その声はなんだかすごく優しい。

……五嶋さんと高柳副編集長は、すごく親しい友人みたいだな。

「別にいいが、どの程度まで本格的に撮りたいんだ？　こんな時間では、スタジオはもちろん空いていないが」

「何のためにこの店に来たと思っている？　オーナーの許可はもらったし、すいている今の時間なら撮り放題だ」

二人は楽しげに言い合い、後藤さんは店内を見回す。その雰囲気が一瞬鋭くなったのを見て、僕はやっぱりこの人があの有名な五嶋雅春なんだなあ、と感動してしまう。

「なるほど。たしかになかなかの舞台設定だな」

彼は言いながら鞄からデジタル一眼レフを鞄から取り出して、電源を入れる。そしてカメラを持ち上げると、ものすごく自然な動作でシャッターを切る。

「え？　あっ、もう始まっていたんですか？」

シャッター音が響いたことに気づいて、僕は驚いてしまいながら言う。その間にも、彼が続けてシャッターを切る。

「もともと私はセットを使わず、ありのままの状態を撮る方が向いているんだ。適当にシャッターを切るから、カメラのことは忘れてくれ。動きも視線もいつものままで」

その言葉に、僕はとても安心する。素人の僕にポーズや顔を作るのは絶対に無理だ。

「そう言っていただけると、すごく気が楽になります」

僕は言い、それから真っ直ぐに椅子に座りなおす。

「五嶋さんの装丁デザイン、いつも拝見しています」

思い切って言うと、彼はすごく優しい声で、

「それはありがとう」

「あの……いつか、五嶋さんに自分の本の装丁をしていただくのが夢です。まだまだ遠い夢ですが」

僕は思い切って言い、その瞬間に五嶋さんがシャッターを切る。

……ああ、すごく図々しいことを言っちゃった。

僕は、頬がカアッと赤くなるのを感じる。高柳副編集長が、

「引っ込み思案に見えて、意外に勇気がありますね、柚木先生。でも、そう言っておけばこの男の心も動くかもしれませんし……」

言いかけた時、店の入り口の方からやけに賑やかな声が聞こえてきた。

「脱稿したんだから、おごってくれてもいいだろう？」

「僕もお相伴に与《あずか》っちゃおう！」

「ああ……二人ともちゃっかりしているなあ」

陽気な声が響いて、僕は思わずそっちに目をやる。眼鏡がなくて視界がボケボケだけど、影の感じで何人かの男性が店に入ってきたのだと解る。

「あれえ？　小田くんと高柳副編集長、それに五嶋さんも。何やってるの？」

そのうちの小柄な影が言い、こっちに近づいてくる。

「新人作家さんのプロフィール写真の撮影です。邪魔をしないでください」

高柳副編集長が言い、それから小柄な影に向かって、

「そういえば紅井先生は、明後日が雑誌用原稿の〆切では？」

その言葉に、小柄な影が苦しげに呻《うめ》くのが解る。

「もう騙《だま》されませんよ。明後日って言うのはサバを読んだ数字で、本当はあと二週間くらいあるはずです」

……紅井先生？　もしかして、省林社で仕事をしてる、あの紅井悠一先生？

僕は慌てて鞄から眼鏡を出して、それを顔にかける。クリアになった視界の中に立っていたのは……。

「……うわ、本物の紅井先生……！」

思わず口に出して言ってしまう。そこに立っていたのは、僕も大ファンのミステリー作家の紅井悠一先生だった。そして……。

「うわ……すごい先生ばかり……」

彼と一緒に入ってきた三人の男性を見て、僕はさらに驚いてしまう。

「……草田克一先生、押野充先生、それに大城貴彦先生だ……！」

呆然と言うと、小田さんが驚いたように慌てて立ち上がって、

「先生方、今日はどうなさったんですか？」

草田先生が興味深げに、

「押野が長編を脱稿してね。たまには銀座で飲もうと出てきたんだが……誰だ、その綺麗なコは？」

僕を見ながら言う。紅井先生が僕のすぐそばに来て、

「うわあ、本当に可愛い。もしかして新人の編集さん？　よろしくね」

「ああ、やかましい。これでは撮影続行は無理か？」

高柳副編集長が言い、五嶋さんが笑いながら言う。

「いい写真がかなり撮れた。このくらいでじゅうぶんだろう」

「それならいいか。……では、柚木先生、ご紹介します」

高柳副編集長が立ち上がって彼らを紹介してくれて、僕は感激しながら挨拶をした。そこから先は賑やかな飲み会になり……僕はずっと憧れていた先生方と会えたり、話したりできたことが、まるで夢みたいで……。

「担当作家は一人ですか？　しかもデビュー前の新人作家？」

私が驚いてしまいながら言うと、太田編集長が困った顔で、

「業界では凄腕で有名でしたし、修陽社の福田編集長からも、編集としてのあなたがどれほど優秀だったか聞いています。本当は最初からバリバリ働いてほしかったんですが……」

言って、高柳副編集長の方をチラリと見る。高柳副編集長はそのハンサムな顔に笑みを浮かべて、

「しばらくは彼に専念して欲しい。もしかしたら物足りないと思うかもしれないけれど。とんでもない金の卵だから、大切に育ててくれ。いいな？」

……いくら期待の新人とはいえ、どうして、一人の作家の専属にならなくてはいけないいんだろう？

思わず眉をひそめた私に、高柳副編集長がケースに入ったCD－ROMを差し出す。

「そう不満そうな顔をするな。これが柚木つかさの作品データだ」

私はそれを受け取り、ケースに貼られたラベルを見て……そこに几帳面《きちょうめん》な美しい文字がびっしりと書かれていることに気づく。どれもシンプルで美しい言葉。

「これはタイトル？　三十本はありそうですが……」

「ああ。彼は三十本ほどの作品を書きためていて、いつでも出版していいと言ってくれている。その三十本がどれほど素晴しいか、自分の目で確かめてくれ」

高柳副編集長がその顔に自信たっぷりの笑みを浮かべながら言う。そして私は、高柳副編集長がどういう意図で彼を任せてくれたのかを理解する。

「私の経験を生かして、彼を超ベストセラー作家にすればいいんですね？」

私が言うと、彼はにっこり笑う。

「当然だ。柚木つかさという作家には、それだけのことをする価値がある。しかも、これはオマケだが……彼は高沢佳明の大ファンなんだ。いざとなったら正体を明かすという手もある。高沢佳明さんのためなら、と原稿を上げてくれるかもしれないぞ」

私の中に当時の苦い思い出がよぎる。

「多分、それだけはしないと思います」

当時の私は自分が書くものがほかの何よりも素晴しいと思い上がり、そして自滅した。編集になり、ほかの作家を担当してからよく解った。彼らは「書かずにいられない」というどうしようもない衝動に動かされて作品を書く。しかし私はそういう激しい欲望を感じることもなく、訴えたい何かを持っているわけでもなく、ただ作家という言葉に憧れ、技巧で文章をつづっていただけだった。

その時点で、自分には才能などなかったのだろう。それに気づいた私は五冊で筆を折り、その時にもなんの感慨も感じなかった。逆に何かから解放されたような気さえした。

その後大学を卒業して出版社に入り、編集者になった。好きな本を作ることに携わり、自分がなれなかった作家という職業の人々にかかわりあえるこの職業は自分にとって天職だと思っている。

「わかりました。まずは彼の作品をすべて読ませていただきます。ですが……」

私は言い、高柳副編集長と太田編集長の顔を見比べる。

「もしも私の求めるレベルに達していない場合は、彼の担当から下ろさせていただき、別の作家を担当させてください。いいですか？」

「もちろん。こちらとしてはあれほどの逸材を嫌々担当されても困る。ただ……」

高柳副編集長は自信たっぷりにうなずく。

「……あの才能を見抜けないなら、噂の編集、天澤由明もたいしたことがないな」

「挑発には乗りません。私の感覚を信じることにします」

私がＣＤ－ＲＯＭを持って立ち上がると、高柳副編集長がクスクス笑って、

「おまえのその感覚で、柚木つかさがどの程度の原石かを見極めてくれ」

◆

……なんてことだ……。

私は落ち着かない気分で椅子に座りながら、ため息をつく。

……この私が、たった一人の作家に、こんなに思い入れてしまうなんて……。

ここは麻布ヒルズの中にあるムーンバックス。大城貴彦を始めとする作家達の溜《た》まり場。高柳副編集長の紹介で彼らとすっかり仲良くなった柚木は、最近ではここによく顔を出すという。

あの後、私はすぐにもらったCD−ROMの中身をプリントアウトした。作家は画面で見るのに慣れているかもしれないが、我々編集は紙に印刷したものの方が見慣れているからだ。私は何気なく読み始め……そして一瞬でほかのすべてのことを忘れてしまった。

新しい職場での色々な雑事をこなす合間、ほんの少しでも時間があればそれを読み、読み終えたらまた印刷し、を繰り返し……私は五日間で三十本の作品を読み終えた。

ムーンバックスの隅のソファに、私と高柳副編集長は座り、大学の講義を終えた柚木が来るのを待っている。

……いったい、どんな青年なんだ……？

高柳副編集長は、柚木つかさがどんな相手なのかを一切教えてはくれなかった。編集部のほかのメンバーや、大城貴彦ほかの作家達もよく知っているはずなのだが、彼らは「会えばわかるから」と言って柚木に関しては秘密にした。ただ、作家達がやけに嬉しそうだったことが私はとても気になっていた。

私はエスプレッソを飲みながら、窓の外に目をやる。

その店は壁一面がガラス張りになっていて、ブランドショップが立ち並ぶ樅《もみ》の木坂に面している。私の目の前を横切るようにして、一人の少女がとても慌てたように走り抜けた。彼女はダブダブのチェックのシャツと細身のジーンズを身につけ、目深にニット帽をかぶっている。度の強い大きな眼鏡をかけていて、そのために顔立ちは解らないが……栗色の髪や、細い鼻梁《びりょう》、滑らかな頬や首筋の白さが少し日本人離れしている。もしかしたらハーフかもしれない。その華奢《きゃしゃ》なシルエットは、私の中にやけに強い印象を残し、私は思わず彼女の後ろ姿を目で追って……。

「あっ！」

私は思わず声を上げ、椅子から立ち上がる。エスプレッソのカップをテーブルに置く。

「すみません、ちょっと失礼します」

高柳副編集長に言い、慌てて店を横切る。そのままドアから外に出て……。

「大丈夫ですか？」

店のすぐ外の路上に、先ほどの少女が尻餅をついていた。彼女は急ぎすぎて洒落たタイルの張られた歩道で滑り、しかし持っているデイパックをかばったためにバランスを崩し……私が見ている前で見事に転んでしまったのだ。

「どこか痛いところでも？」

私は言いながら、近くに転がっていた彼女の眼鏡を拾ってやる。

「……あ、ありがとうございます……」

彼女はかすれた声で言い、恥ずかしげに俯いたまま眼鏡を受け取る。

「どこかぶつけましたか？　痛みますか？」

私が聞くと、彼女はかぶりを振って、

「……大丈夫です。ただ、恥ずかしくてちょっとボーッとしてしまっただけで……」

彼女は言いながら眼鏡のレンズが割れていないことをたしかめ、ホッと息をつく。その肌が耳まで真っ赤に染まっていることに気づき、私は微笑ましい気分になり……。

「あ、右手の甲を、少し擦り剝《む》いていますね」

転んだ時にかすめたのか、彼女のとても美しい手の甲に、わずかに擦り傷がついていた。肌が白いだけに赤くなったあとが痛々しい。

「あとで消毒したほうがいいと思いますが……」

私は上着のポケットからハンカチを取り出し、それを彼女の華奢な手に巻いてやる。

「今は、とりあえずこれで」

「……あ……す、すみません……」

彼女はさらに赤くなりながら言い、それから私を見上げてくる。

「……ありがとうございます、本当に」

艶のある髪が、さらりと頰を滑る。走っていた時は眼鏡のせいで解らなかった顔が、間近に露《あら》わになる。

「僕、本当にそそっかしくて……自分でも嫌になります」

私はそこで初めて、目の前にいるのが少女ではなく、とても麗しい一人の青年であることに気づいた。

艶のある栗色の髪。

染み一つなく滑らかな、あたたかいミルク色の肌。

品よくとおった細い鼻梁。

バラ色のとても可愛らしい形の唇。

穏やかな弓形の眉。

くっきりした二重瞼《まぶた》と、重そうなほどに長い睫毛《まつげ》。

そして……私を見上げてくる美しい紅茶色の瞳。

ダブダブのシャツの間から、華奢な首筋が覗く。

彼の身体からは、フワリと清潔な石鹸《せっけん》の香りが立ち上っていた。さらに続くのは、茉莉花《ジャスミン》とハチミツを混ぜたようなとても甘い芳香。

彼の周囲を取り巻く、高原の空気のような澄み切ったオーラ。それに包まれた瞬間、私の脳裏に柚木つかさの世界が広がった。

……まさか、この青年が……？

青年は、呆然と私を真っ直ぐに見上げたままで動かない。そして私は彼のあまりの美しさに射すくめられたようになり、やはり動くことができない。

……この美しい青年が、柚木つかさか……？

不思議な予感に、私の心臓が、ドク、と一つ大きく跳ね上がる。そしてそのまま、驚くほど速い鼓動を刻み始める。

「どうやら、新しい担当との相性は悪くないようですね、柚木先生」

上から声がして、見詰め合ってしまっていた私はハッと我に返る。私達のすぐ脇に高柳副編集長が立って、二人を見下ろしてきていた。

「彼はプロフェッショナルです。安心してついていってください。彼になら、高沢佳明先生の作品についていくらでも語っていいですよ。……ですが、一つだけ」

意味深な横目で私を見て、

「彼は、私を上回るサディストなので、くれぐれも怒らせないように」

その言葉に、柚木は怯えたように息を呑む。高柳副編集長は可笑しそうに笑って、

「私はこれで失礼します。紹介する前に、もう会ってしまったようだし」

自分のブリーフケースを示しながら言う。それから私に、

「柚木先生の好みは、ホットのムーンバックス・キャラメル・ラテのマシュマロ入り。エクストラホイップ。ヘーゼルナッツシロップを一垂らし。プラスチックカバーのついた紙のカップだと火傷《やけど》をするので、必ずマグカップに。……おまえの分と一緒に頼んでおいたので取りに行くように」

一気に言い、柚木つかさににっこり笑ってからあっさりと踵を返す。

「……あっ、高柳副編集長……っ」

彼にとても懐いていると聞いた柚木は、不安げな声で言って彼の後ろ姿を目で追う。しかし高柳副編集長はもう振り返らなかった。

「……あ……」

呆然とした顔で、彼は小さく呟く。それから眼鏡をかけ、少し怯えたような顔で私に視線を移す。私は立ち上がり、そして彼に手を差し出す。

「このままでは身体が冷えてしまいます。中に入って、あたたかいものでも」

彼は私を見上げて驚いたように瞬《まばた》きをし、それからまるで警戒心の強い小動物のように私の手をジッと見つめる。

「また転んだら大変です。手を」

私が言うと、彼は恐る恐る手を上げ、指先でそっと私の手のひらに触れてくる。

「……あ、でも一人で……」

言いながら引かれた彼の手を、私は少し強引に摑む。ほっそりとした華奢な骨格と、ひんやりとした滑らかな肌が……驚くほど心地いい。

「……あっ」

一瞬怯えたような顔をした彼の手を引いて、そっと立ち上がらせる。彼は少しよろけながら立ち、それから私を見上げて、

「……すみません、ありがとうございます。あの……」

彼の肌が、耳の先までバラ色に染まっている。

「……柚木つかさといいます。あなたは省林社の……」

「天澤由明といいます。あなたの新しい担当をさせていただきます」

私は彼の目を見つめながら言う。

「私の手であなたをデビューさせ、歴史に残るベストセラー作家にしてみせます。よろしくお願いいたします」

柚木つかさ

……高柳副編集長を上回るサディストって、どういうことだろう?

高柳副編集長が残したその言葉に、僕は真っ青になる。

高柳副編集長は僕には優しいけれど、ほかの作家さんにはものすごく厳しいと聞いた。紅井悠一先生なんか、会うたびに苛《いじ》められると言っていたし。それを上回るって……?

……高柳副編集長よりも厳しい人に、僕みたいなド素人がついていけるんだろうか?

高柳副編集長の言うところによると、彼が担当したのは大きな賞を取ったベストセラー作家さんばかり。僕はその話だけで怯えてしまっている。そして……。

僕と新しい担当さんは、麻布ヒルズのムーンバックスのソファ席で向かい合っていた。

……新しい担当さんの前で、いきなり転んでしまうなんて。僕、本当に馬鹿みたいだ。

彼はいかにも仕立てのいいイタリアンスーツをきっちり着こなした、モデルみたいな長身の美形だった。転んだ時に眼鏡を落として、最初はどんな顔だか解らなかったんだけど……眼鏡をかけて彼の顔を見た僕は、陶然と見とれてしまった。

艶のある黒い髪。

意志の強そうな眉。

陽に灼《や》けた滑らかな肌。

高貴な感じの真っ直ぐの鼻梁。

男っぽい唇。

そして僕を真っ直ぐに見つめてきた黒曜石のように光る瞳。

彼は……思わず見とれてしまうほどの、野性的な感じのものすごいハンサムだった。

彼は完璧な無表情で、視線がまるで猛禽《もうきん》みたいに鋭い。この彼に「先生、原稿を」と一言言われたら泣きながらでも原稿を渡してしまいそうだ。

だけど、さっき僕を助けてくれた時の彼の手は、とても優しかった。

そう思ったら、鼓動がどんどん速くなる。

……ああ、なんでこんなにドキドキするんだろう……？

「さっきのサディスト云々は、どうかお気になさらずに。高柳副編集長の冗談ですよ」

天澤さんが言う。その口調には笑いのかけらもなく、思わず目を上げると、その端麗な顔はやっぱり完璧な無表情で……。

……わあ、やっぱり怖いよ……！

「明後日まで大学は連休ですね？　アルバイトは？　仕事用のモバイルは？」

彼が言ったのは、僕がキャラメル・ラテを飲み終えた頃だった。いきなり言われて僕は驚き、それから慌ててかぶりを振る。

「ええと……バイトは入れてません。高柳副編集長に『連休中は空けておいてください』って言われたので。あと、モバイルならここに……」

僕が足元に置いたデイパックを持ち上げると、彼はうなずく。

「それならよかった。これから、ある場所にご案内します」

編集部で担当さんを紹介されるだけだと思っていた僕は、ちょっと驚いてしまう。

……どこだろう？　ごはんを食べながら打ち合わせとか？

僕は思い、さらに青くなる。

「どこかお店に予約を入れていたとかだったら、僕のせいで遅れてしまったのでは？」

「大丈夫ですよ。レストランの予約があるわけではありません」

彼は言い、慌てて立ち上がった僕の方に手を差し出す。

「荷物をお持ちします」

それがあまりにも自然な仕草だったから、僕は思わず荷物を渡してしまい……。

「あ、いえ、大丈夫です。軽いから、自分で持てますので……」

「コンピュータが入っていて、見た目よりも重い。執筆前に疲れてしまってはいけないので、私がお持ちします」

彼は言って、僕のデイパックを持ったままで踵を返す。

……執筆前に？　ってことは、これからどこかで原稿を書けってことかな？

僕は思い、ちょっとドキドキしてしまいながら思う。

……もしかしてこれがカンヅメってやつかな？　下町のひなびた旅館とかに連れて行ってくれるんだろうか？　それって、いかにも作家さんって感じだ……。

駅に向かうのかと思ったら、彼はなぜか樅の木坂を上っていく。

僕は慌てて彼の後を追いながら、いったいどこに行くんだろう、と不思議に思う。

ブランドショップの並ぶ樅の木坂には華やかな人々がたくさん歩いていて……最近は少し慣れてきたけれどやっぱりちょっと緊張する。

彼は坂を上りきったところで僕をエスコートして道路を渡る。そしてそのまま麻布ヒルズの中に入っていく。

……そうか、ここから麻布ヒルズのショッピングモールを突っ切っても駅にいけるって、紅井先生達が言っていた気が……。

彼が入ったエントランスは、ショッピングモールとはまったく別の場所に続いていた。

「……ホテル……？」

黒い石張りの床、高い高い天井からはシックなシャンデリアが下げられている。ゆったりと間隔をおいて向かい合ったソファには、外国人客が優雅にくつろいでいる。

「ええ。せっかくの連休ですから、カンヅメになっていただくように、という高柳からの指示で。何か不都合なことがありましたら今のうちにどうぞ」

僕は慌ててかぶりを振って、

「いえ、講義もバイトもないからそれはいいんですが……」

思わず周囲を見渡してしまいながら、

「カンヅメかな、とは思っていました。まるで作家さんみたいですごく嬉しいです。でも、カンヅメってもっとひなびた旅館とかを想像していたので……」

「ああ、でしたら今から箱根かどこかの旅館を取りましょうか。離れの個室と専用露天風呂のある部屋をすぐに手配して……」

彼がポケットから携帯電話を取り出したのを見て、僕は慌ててしまう。

「結構です！　僕が想像したのは、ひなびた漁村にある旅館の四畳半の和室とかで……ただ、想像していたというだけなので……」

彼はチラリと眉を上げて、

「漁村にある四畳半の和室というリクエストは、今までどんな先生にもいただいたことはありませんでした。思い当たる旅館がないので、今日のところはここでいいでしょうか？」

「ええ。もちろんいいです」

僕が言うと、彼はやっと携帯電話をポケットにしまってくれる。

「それでは、チェックインに行ってきます。柚木先生はそこでお座りになっていてください。私は喫煙の部屋を取りますが、柚木先生は禁煙でよろしいですか？」

「あ、はい。お願いします」

僕は呆然と答え、彼が踵を返したのを見てホッとため息をつく。

……彼の行動があまりにも徹底していて、思わずペースに飲まれそうになる。

僕は考え……それから一人で微笑んでしまう。

僕は、自分の行動がスローなせいで、ペースの速い人と一緒にいるのはかなり苦手。なのに彼といるのは、そんなに嫌じゃない。もしかしたらそれは、彼が作家のモチベーションを上げるために徹底して気を使ってくれているから……？

「お待たせしました」

彼が言い、二枚のカードキーを見せる。近寄ってきたベルボーイを断って、エレベーターに乗り込む。彼が一番上のボタンを押したことに気づいて、僕は驚いてしまう。

「あなたの部屋は、三十二階。私はその下の喫煙フロアに部屋を取りました」

彼は言い、僕を景色が綺麗なものすごくロマンティックなスイートルームに案内してくれた。その室内の豪華さに僕は愕然としてしまう。

彼はフロントから取り寄せた救急箱をローテーブルに置き、僕の手の甲の擦り傷を丁寧に消毒してくれている。ほんのかすり傷なのにこんなにしてもらって、なんだか申し訳ないみたいだ。

それから彼は僕の両肩に手を置き、真っ直ぐに僕を見下ろしてくる。彼の指が、まるでキスをする前のように僕の顎をそっと持ち上げる。

「この私が、あなたの望みはすべてかなえます。その代わり、すべてを忘れて作品を書くことに集中してください」

至近距離から漆黒の瞳で見つめられて、僕は身体がカアッと熱くなるのを感じる。

……怖いのに、どうしてこんなに身体が熱くなるんだろう？

「いいですね？」

脳髄《のうずい》が蕩《とろ》けそうなほどの低い美声。しかも彼は美形というだけでなく、そばにいると、めちゃくちゃいい香りがする。

「……は、はい。頑張ります」

僕がかすれた声で言うと、彼はその端麗な顔に微かな笑みを浮かべてくれる。

「いいお返事です」

彼の指先が僕の唇の周囲をそっと辿《たど》る。

「いつでもそういう素直ないいお返事を期待していますよ」

囁かれてポーッとなりそうだけど、でも……。

「……でも、僕……」

僕の唇から、ため息みたいな声が漏れる。

「ちゃんとしたものが書けるかどうか、まだ自信が……うっ」

僕は言いかけるけれど、彼に唇を指で押さえられて言葉を続けられなくなる。

「いいか悪いかは私が判断します。ともかく書きなさい。いいですね？」

キラリと睨まれて僕はうなずいてしまう。

「私は一階下の同じナンバーの部屋にいます」

彼は電話に近寄り、そこにあったメモに部屋番号を書く。

「何かあったらすぐにお電話を。……では、二時間後に来ます」

彼は言って、あっさりと部屋を出て行く。僕は取り残され……だけど書かなきゃ、と思って集中し……そして二時間で十五ページ分も原稿を書いてしまった自分に驚く。

……すごいかも……。

僕は、モバイルの画面を見つめながら思う。

……すごく集中しちゃったかも……。

ドアにノックの音が響き、僕はハッと我に返る。返事をして部屋を横切り、ドアを開く。そこには見覚えのある紙袋を持った天澤さんが立っていた。ふわ、と香った匂いにも覚えがある。

「少しだけ休憩しますか？　もしもお邪魔でしたらこのまま失礼しますが」

「いえ、大丈夫です」

僕の視線が、つい彼の紙袋に落ちてしまう。

「高柳から、柚木先生は麻布十番商店街の『浪速家総本店』の鯛焼きがお好きだと聞いて買ってきました」

彼は言って、その紙袋を僕に差し出してくれる。僕はずしりと重いそれを受け取り、手のひらに伝わってくるあたたかさに感激する。

「はい、大好きなんです！　うわ、まだあったかいですね！」

嬉しくて、思わず言ってしまう。僕はローテーブルにそれを大切に置き、

「あったかいうちに食べましょう！　僕、お茶いれますから！」

「それは私が。その間に、ここにデータを保存していただけますか？　部屋に戻って読ませていただきますので」

彼はUSBメモリーを僕に渡してくれる。僕はそれを受け取って、慌ててデータをそこに保存する。彼は部屋の隅にあるミニバーに行き、慣れた手つきでポットの中にお湯があるか確かめている。

「あっ、さっき喉が渇いて緑茶を飲んでしまったんです、もしかしたらティーバッグがもうないかも？」

「大丈夫です。先生の分のお茶をすべて飲んでしまっては申し訳ないので、休憩用のお茶を持参していますから」

よく見ると、彼が使っているのはホテル備え付けじゃない三角パックの緑茶のティーバッグだった。

「ルームサービスの緑茶もありますが……これは京都から取り寄せたもので、このホテルのルームサービスよりも美味なはずです」

長身でハンサムで、モデルみたいな彼が、僕のためにお茶をいれてくれている。その姿に、なんだか胸が熱くなる。

……彼は、まるでこれ以上ないほど優秀な執事さんみたい。

「こちらへどうぞ」

彼は言ってローテーブルに僕を座らせ、茶托に載せてきちんと蓋《ふた》を閉めたお茶碗を僕の前に置いてくれる。

「い、いただきます」

僕はお茶碗の蓋を開け、お茶のいい香りに陶然としながら、ふう、と息をかけ……。

「……あ……」

いきなり視界が真っ白になり、僕は一瞬何が起きたか解らなくなる。

「……またやっちゃった……」

慌てて茶碗を茶托に戻し、曇ってしまった眼鏡を取る。ポケットから眼鏡拭き用の布を出して拭こうとすると、彼の手が伸びる。

「お拭きします。冷めないうちに」

ごく自然に僕の手から眼鏡と布を取り上げ、彼は僕の眼鏡を丁寧に磨いてくれる。

……こんなふうにされていると、まるで自分が別人になったみたいな気分になる。

僕は赤くなりながらお茶を飲み、鼓動が速くなっているのを感じる。

……例えば、すごい売れっ子の作家さんとか。

彼は綺麗になった眼鏡を、僕に丁寧な仕草で差し出してくれる。

「どうぞ」

「あ……ありがとうございます……」

……じゃなかったら……。

僕は眼鏡をかけ、はっきりと見える彼の端麗な顔立ちにまた鼓動を早くする。

……麗しい王子様にかしずかれる、お姫様とか。

僕は思ってから、一人で赤くなる。

……何を考えてるんだろう、僕は……？

僕は手を伸ばして、鯛焼きの入った袋を手に取る。中にはまだ湯気を立てている鯛焼きが三個入っていた。香ばしい香りにおなかが鳴りそうだ。

「ええと……ここの鯛焼き、食べたことありますか？　甘いものは苦手ですか？」

照れ隠しに聞くと、彼はかぶりを振る。

「修羅場中の差し入れにしたことはあります。甘いものは苦手ではありません。……ですが、編集が食べてしまっては差し入れになりませんので、食べたことはありません」

「でしたら、どうぞ」

僕が袋を差し出すと、彼は少し驚いたように眼を見開く。

「あなたへの差し入れとして買ってきたものですが？」

「一緒に食べたほうが美味しいですから。どうぞ」

「では、遠慮なく」

彼は言って鯛焼きを一つ取る。それを食べ、驚いたようにチラリと眉を上げる。

「皮がとても香ばしいんですね。それに餡《あん》があまり甘くなくて小豆《あずき》の香りがする」

「そうなんです！　そこがめちゃくちゃ美味しいんです！」

僕は思わず叫び、それから赤くなる。

「す、すみません。叫んだりして」

「いいえ。美味しいことには同感です」

彼は本当に美味しそうに鯛焼きを食べ、緑茶を飲み、すぐに立ち上がる。僕のためにもう一杯緑茶をいれてくれてから、

「二時間後にまた来ます。頑張ってください」

言って、ＵＳＢメモリーを持ってあっさりと部屋を出て行く。

……どうしよう、なんだかすごくやる気が出てきてしまった……！

◆

彼は二時間ごとにやってきてはお茶や紅茶やコーヒーをいれ、そして僕がデータを保存したUSBメモリーを持ち帰った。だけど、感想は一言も言ってくれていない。

……もしかして、全然ダメなのかな？　カンヅメなんかさせるんじゃなかったって思われていたら寂しいかも……。

夜の九時になると、彼は僕を景色のいい最上階のレストランに連れて行った。リッチな雰囲気に僕は怯えてしまうけれど……どうやら彼はここの常連みたい。高齢のメートル・ド・テルが挨拶に来て、「天澤さんとご一緒ということは作家さんですか？」と気さくに話しかけてくれた。なんと言っていいのか解らない僕の代わりに天澤さんが「今日から三日間、ここでカンヅメになる柚木つかさ先生です。才能に溢れた方ですぐに有名になりますよ」と言ってくれた。

僕は、彼の言ってくれた「才能に溢れた方ですので」という言葉に驚いてしまう。彼は僕の原稿を読んでも何も言わなかった。だから本当に大丈夫なのかとちょっと不安になってきていた。まあ、彼の迫力に押されて何も考えずに書き続けてはいたんだけど……。

……もしかして、彼は僕の作品をちょっとは気に入ってくれたんだろうか？

個室だったせいで、僕は気を張らずに美味しいイタリアンを堪能することができた。そして、コーヒーの後。

「失礼、柚木先生は二十歳を過ぎていますよね。タバコはお吸いになりますか？」

無表情なままで聞かれて、彼が上着のポケットに手を入れようとしていることに気づく。

……きっと、彼はタバコが吸いたいんだ。

そう思った僕は、慌てて言う。

「あの、どうぞ吸ってください。僕は吸わないですが、いつも行く喫茶店は禁煙ではないし、祖父が葉巻を吸っていたので煙は苦手じゃありません。……っていうか、実はけっこう落ち着きます」

彼はうなずいて、ポケットから手を出す。彼の手にはシンプルな銀色のライターがあった。白みを帯びた美しい艶はきっと銀だろう。そして……。

「うわ、『モンテクリスト・ミニシガリロ』だ！」

彼の手にあったシガレットケースを見て、僕は思わず声を上げる。

「僕が大好きな小説の中で、主人公が吸っているんです！　興味があって検索したので画像では見たことがありましたが、実際のものは初めて見ました！」

薄型のクリーム色のケースに、交差して三角形を描く六本の矢。彼は長い指でシガレットケースの蓋を開く。中には紙巻のタバコではなくて、茶色の葉を巻いた葉巻が入っている。葉巻といってもタバコと同じくらいの細さのミニシガーだ。

「香りを確かめてください。お嫌でしたらやめておきます」

彼は長い指で一本取り出し、僕の方に差し出す。僕は顔を近づけて……。

「……わあ、いい香り……」

フワリと香ったのは、とても香ばしいタバコの葉の香り。上品な柔らかさの奥にどこか獰《どう》猛《もう》なドライさがあって……目の前にいるこのハンサムな男性と、イメージがぴったりだ。

「どうぞ、吸ってください。火をつけたらどんな香りになるのか知りたいです」

僕は夢中で言ってしまう。彼はうなずき、ガス式らしい銀のライターに点火する。ミニシガーの先端を軽くあぶり、それから火をつける。

慣れた様子でミニシガーを挟んだ、見とれるような長い指。ライターの火に照らされた彫刻みたいに端麗な横顔。ミニシガーをくわえる男っぽい唇。

……ハンサムなだけじゃなくて、なんてセクシーな人なんだろう……？

僕は、彼の姿に思わず見とれてしまいながら思う。

「……いい香り……」

僕は、フワリと広がる芳しい香りに陶然とする。それから、彼が答えを待つように僕を見つめていることに気づく。

「あの……どうぞこのまま吸ってください。なんだか落ち着きますし……」

「ありがとうございます。この個室は換気が徹底されていて、葉巻やミニシガーを吸ってもいいことになっています。だからここに来ると、つい吸いたくなってしまう」

彼は言い、男っぽい仕草でミニシガーを口にくわえる。僕はその仕草に見とれ……彼が高沢佳明が書いた小説のキャラクターのイメージに、本当にぴったりだと思う。

「……僕、高沢佳明さんって作家さんが大好きなんです。彼の書いた『トリニダッド』という作品の主人公が、あなたと同じ『モンテクリスト・ミニシガリロ』をいつも吸っていたんです」

僕は言い、紫煙の向こうの麗しい彼の顔に見とれてしまいながら、身を乗り出す。

「『トリニダッド』は失踪した友人を探して、主人公が旅をする話です。ドライでハードボイルドな世界観が本当に格好よくて……あ、猶木賞の候補にもなり、フランスで文学賞を取った作品なので編集さんならよくご存知かもしれませんが……」

彼は煙の向こうで微かに目を眇《すが》めて僕を見つめ、無感情な声で言う。

「ええ。読んだことはありますよ」

「本当ですか？　……主人公の楢崎壮一郎《ならさきそういちろう》、ドライで非情に描写されているけれど、実は本当の優しさを持っている男だと思うんです。でなかったら、あんなふうに苦しんだりしないし、友人が実は自分を裏切っていたと知った時も、あんなふうに許したりはできないと思うんです。それから、同じ楢崎壮一郎が登場する『エディシオン・リミターダ』では……」

僕はそのまま何もかも忘れて、高沢佳明の作品について延々と語ってしまった。

そして……。

「あっ」

ふと腕時計に目を落とした僕は、自分が一時間近くも一人でしゃべっていたことに気づく。

その間、天澤さんが一言も口を挟まずに聞いていたことを思い出して真っ青になる。

……いくら高沢佳明を知っている人がいたからって、こんなにしゃべっちゃうなんて。

「……すみません……」

彼の前にある灰皿にシガーが山になっているのを見て、僕はなんだかすごく申し訳ない気分になる。

「……一人で語ってしまって。退屈でしたよね……？」

「いえ」

彼は吸っていたミニシガーを消して、立ち上がる。

「そろそろ戻りましょうか？　あと二時間だけ仕事をしていただいて、今日はおしまいにしましょう」

彼の言葉に、僕はうなずく。

……あと二時間、頑張らなくちゃ……！

天澤由明

……素晴しい……。

持ち込んだ自分のラップトップコンピュータ。柚木《ゆずき》から渡されたデータを読んだ私は、陶然とため息をつく。

……こんなに美しい作品が誕生する瞬間に、立ち会えるなんて。

柚木つかさと初めて会った時、私はあまりのことに呆然《ぼうぜん》としてしまった。彼は長い髪とダブダブの服で必死に殻を作っていたが、その内側に磨かれる前のダイヤの原石のように煌《きら》めく内面を隠していた。

……彼の作品は本当に素晴しい。しかしそれだけでなく……柚木つかさは、表現しがたい、人を虜《とりこ》にしてしまう不思議なオーラを持っている。

柚木つかさという原石は見たこともないほどに大きく、希少で、不純物をまったく含まない。私は高柳《たかやなぎ》副編集長がどうして彼にそんなに力を入れるのか、よく解《わか》った。彼は物語を書くのが巧《うま》いのではなく、もともとそういう世界に生きている。彼にとってその美しい世界を描くのはごく自然なことで……そのためにその世界は柚木つかさ以外には描けない。彼の世界に魅せられた者は、まるで中毒のようになり、彼が一日でも早く次の作品を書き上げてくれるのを祈りながら切なく待つしかない。

……私は……編集者である前に、彼の熱烈な信者になってしまった。

その襟首を摑《つか》み、「早く次の世界を見せてくれ」と懇願したくなる衝動に駆られる。私は必死でそれをこらえ……そして自分がそれだけでなくもっと熱い衝動も覚えていることに気づいて愕然《がくぜん》とする。

彼の白い首筋を思い出すだけで、身体《からだ》の奥から何かが湧《わ》き上がる。

……無防備な彼の服を引き剝《は》がし、そのすべてを奪いたい……。

私は思ってしまい、慌てて否定する。

……いくら彼が美しいとはいえ、私はゲイではない。なのに、こんなふうに思ってしまうのはなぜなのだろう？

柚木つかさ

今回、僕が書いているのは省林社《しょうりんしゃ》に投稿した『恋』という作品の後半部分。人生に少し疲れてしまった日本人の大学生がアルバイトをしたお金をすべて持って旅に出て、いろいろと不思議な出会いをしつつ成長していくという話だ。主人公は少し重い過去を持っていて、旅先でもいろいろな困難に出会う。だけど全体的に言えば堅い文学ではまったくなく、どちらかといえばごくごく読みやすいライトなお話だと思う。

今校正に回っている分は南イタリア編で、書き下ろしている分はパリ編。高柳副編集長をモデルにした美形の旅行者が出てくる。そして、もう一人のキーパーソンである小さなホテルのハンサムなオーナーのイメージが、天澤《あまさわ》さんと被《かぶ》る。実は、彼の行動を観察していたら、とても筆が進んでしまったんだよね。

「では、作品についてお話しさせていただきます。キャラクターについてですが……」

天澤さんに言われた僕は、慌ててメモを出す。

……きっとものすごいダメだしをされて、最後にはボツにされるかも……？

「とてもよかった。主人公はあなたの素直な性格がそのまま出ているかのようで好感が持てます。主人公と行動を共にする光井《みつい》という旅行者はかなり癖《くせ》が強いですが、読者に受けそうだ。ふざけているかと思えば少しだけ優しい。だがかなり意地が悪いところがいいバランスです」

彼に言われた言葉が信じられず、僕は呆然とする。

「それから小さなホテルのオーナーが、とても魅力的だと思います。無口な彼に主人公が見とれている描写が生き生きとしています。大人に対する憧れがよく伝わってくる」

僕の心に、ゆっくりと喜びが広がってくる。

……褒めてもらえたんだ……！

「もちろん、高柳副編集長に提出してあったプロットについても読ませていただいています。少しだけ注文をいえば……」

彼はその後、プロットについての感想を言ってくれたけれど、ものすごく細かいところまで読み込んでくれているのがわかって、僕は嬉《うれ》しくてポーッとなってしまった。それから今直せば簡単によくなる問題点をいくつか提起し、僕に意見を聞いてくれた。褒めてもらえて嬉しくなっていたのと、彼があんまり平然と言うので僕は緊張も忘れてしまう。僕は直すところは直した方がいいと言い、こだわったところはそれをちゃんと言うことができた。

……プロって、作品をこんなふうに作っていくんだ。

今まで、一人で書いてばかりだった僕は、なんだか心が浮き立っていることに気づく。

……こうして的確な意見を言ってもらえると、自分の作品がどんどんブラッシュアップされていくのが解る。なんだか……本当にドキドキする体験だ。

「それから、舞台になっているパリについてです。パリに行かれたことは？」

「ええと……まだ小さい頃に、家族旅行で一回行ったことがあるだけです」

僕はその時のことを思い出しながら、

「僕はその当時から行動が遅くて……家族とはぐれて、パリの街で数時間だけ迷子になりました。怖かったけれど、パリはとても美しくて、まるでお伽噺《とぎばなし》の世界のようでした」

「なるほど。幻想的と言えば……」

彼は、いろいろな作家さんの取材に付き合って何度も足を運んでいるらしい。彼が話すパリの風景はものすごく生き生きしていて……目の前にその風景が浮かんでくるみたいで……僕は夢中になって「あのシーンにはそこを使いたい」とか「そういう裏道は素敵ですよね」とか言ってしまい……気がついたら、何時間も彼と話し込んでしまっていた。

……高柳副編集長ともよく話をしてはいたけれど、こんなにまで深い話をしたことはなかった……。

「作家さんって、担当さんとこういう話をするんですね」

僕はドキドキしながら言ってしまう。彼は意味深な笑みをチラリと浮かべて、

「担当からいろいろなものを引き出す作家さんと、自分の内に籠《こも》ってすべてを練り上げる作家さんがいます。若いうちは前者のほうがずっと有利だと思いますよ」

……それって、話してもよかったってことだろうか？

「さて」

彼は言って腕時計を見る。

「そろそろおやすみになった方が。明日もありますから。……バスルームに入っても？」

「あ、はい。大丈夫ですけど……」

僕が答えると、彼はさっさとバスルームに入っていく。トイレを借りたかったかな？　と思っていたけど、そうではなくてお風呂にお湯をためている音がする。

「あ、あの、自分で……」

「私がやります。データを入れていただけますか？」

「あ、はい」

僕は差し出されたメモリースティックを受け取り、今日書いた分の最終稿を、そこに保存する。かなりのページ数を一日で書いたことに気づいて、僕は驚いてしまう。

……これはきっと、彼のおかげだ……。

僕がマシンに向かっている間に、彼はまるで執事みたいにてきぱきとバスタブにお湯を張り、ミネラルウォーターとバスローブ、ホテルのパジャマを脱衣室に用意してくれた。

「なんだか、このまま朝まで書けそうかも」

思わず言うと、彼は僕のすぐそばに立ち、真っ直《まっす》ぐに見下ろしてくる。

「身体を壊させるためにカンヅメにしたわけではありません。今夜はお風呂に入り、あたたかくしてゆっくりおやすみください」

僕はホッとして、目がとても疲れていたことに気づいて眼鏡を外す。

「カンヅメって、寝ないで原稿を書くのかと思ってましたけど……」

「デッドラインぎりぎりになるほど〆切を破ったら、もちろんそうしていただきますよ」

「ぼ、僕は新人ですからそんなことはとてもできません」

「明日は八時にお迎えに上がります。朝食の後ですぐに執筆にかかっていただきます」

「どうもありがとうございます。なんだか本当にいろいろと」

僕が頭を下げると、彼はクスリと笑って、

「お礼は結構です。いい原稿を書いていただければ、それで」

「わ、わかりました。精一杯頑張ります」

僕が言うと彼はうなずき、あっさりと踵《きびす》を返す。僕はもう一度眼鏡をかけ、彼の凛々《りり》しい後ろ姿に見とれながら、陶然としてしまう。

……どうしよう、本当に別世界だ……。

「どうもありがとうございます。なんだか本当にいろいろと」

彼は潤んだ瞳で私を見つめ、それからぺこりと頭を下げる。その仕草が可愛らしくて、私は思わず小さく笑ってしまう。

……私は、入社当時からベテランの売れっ子作家を任されてきた。彼らは各社の編集に尽くされることに慣れていて、すべてをやってもらえて当然と思っていた。もちろんそれでいい原稿をもらえていたのだから、ギブ&テイクが成立している。だが……。

……こんなふうに嬉しそうに礼を言われるのは、初めてかもしれない。

「お礼はけっこう。いい原稿を書いていただければ、それで」

私が言うと、彼はフワリと頬《ほお》をバラ色に染める。透き通る肌をしている彼は、ほんの少しの感情の変化も隠せない。恥ずかしかったり、緊張したりすると、すぐに頬から首筋、形のいい耳たぶまでを綺麗《きれい》なバラ色に染め上げる。

……緊張させてしまったんだな。

「わ、わかりました。精一杯頑張ります」

彼は目を煌めかせながら、私に言う。私の言葉をそんなふうに真摯《しんし》に受け止めてくれる彼が……私はやけに愛おしい。

一日中執筆をして、彼は少しだけ疲れているように見えた。執筆の邪魔になるのか前髪を分け、目が疲れたのか眼鏡を外している。そのせいで、その見とれるほどに美しい顔が露《あら》わになっている。

……どうしよう？　抱きたい……。

私の中に、不思議なほどの欲望が湧きあがった。

……このままベッドに運び、押し倒して抱いてしまいたい……。

私は目眩《めまい》を覚え、慌てて踵を返す。そうしないと、今すぐに彼を抱き締めてしまいそうだったからだ。

私はもう振り向かないままで部屋を出てドアを閉め、ドアに背中を押し付けたまま深いため息をつく。

私の今までの恋人は、もちろんすべて女性だ。しかしどうやら恋に対して淡白な方らしく、自分から告白したことなど一度もない。強引にせまってくる女性は後を絶たなかったので適当に付き合ったが、冷淡なせいで相手をすぐに怒らせ、浮気を疑われて嫉妬《しっと》され……誰とも長続きはしなかった。自分は恋には向いていない人間、そう思ってきた。

……なのに……。

私の身体の中で、激しい嵐が荒れ狂っている。

……柚木つかさといると、どうしてこんなふうになってしまうんだろう……？

彼は省林社が全力を挙げてプッシュしようとしている大切な新人。そして私はその担当編集。おかしなことなど絶対にしてはいけない相手。だが……。

私はもう一度震えるため息をつき、廊下を歩き出す。防音がしっかりしたホテルなのでそんなことはないとは思うが……彼がシャワーを浴びる水音など聞いてしまったら、その場でドアを叩き壊してしまいそうだったからだ。

……ああ……本当に、どうしてしまったというんだ……。

柚木つかさ

「主人公が密かに憧れる宿屋のハンサムな主人、ギュスターヴは、実は天澤さんをモデルにさせてもらってるんです」

僕は照れてしまいながらも、正直に告白する。

「もちろんプロットの段階ではモデルはいなかったんですが、あなたに会ってイメージが膨らみました。歩き方とか、座り方とか、タバコを吸う仕草とか」

カンヅメの二日目。天澤さんは、前日と同じように僕に仕事をさせた。そして今日のノルマを終わらせた後、昨夜のようにソファの角を挟んで座り、ルームサービスのコーヒーを飲みながら話をしている。

「ギュスターヴと私が？　どこか似ていましたか？」

彼は、とても意外そうな顔で言う。

「ギュスターヴは、クールで男らしく、しかも優しさのあるとても魅力的なキャラだ。対して私は冷淡で無愛想なただの平凡な男。共通点が見出《みいだ》せないのですが」

……こんなにハンサムでクールなのに、自覚がないの？

僕は、そのことに驚いてしまう。

「天澤さんはモデルさんみたいにハンサムだし、クールだし、すごく優しくて本当に素敵です。勝手にモデルにしてしまって申し訳ないんですが……でも僕から見ると、あなたはギュスターヴととてもよく似ています」

いつもクールな無表情の天澤さんが、珍しいことに、少しだけ驚いたような顔をして僕を見つめている。彼の彫刻みたいに端麗な顔が、スタンドの間接照明の中に浮かび上がってる。

こうして見ると……彼は本当に美しい男性だ。

「あの。一番最後の方に入る予定のシーンで、どうしてもわからないところがあるんです」

僕はずっと気になっていたことを言う。彼は顔を引き締めて、

「なんでしょうか？　何か必要な資料がありましたらすぐに揃《そろ》えます」

「あの……ギュスターヴが客である未亡人とキスをしているところを主人公が目撃し、最初はショックを受け、それから少しだけ大人になった気持ちがする……というシーンです」

彼はチラリと眉を上げて、それから、

「そこが何か？　中庭の植物の描写ですか？　でしたらすぐに……」

「そこの資料はなんとかなったんです、でも……」

僕はちょっと赤くなりながら言う。

「……大人のキスというものが、僕にはよくわからないんです」

彼は驚いたように目を見開く。僕はますます赤くなりながら、

「すみません。二十歳を超えたいい大人が、こんなことを言うなんて恥ずかしいのはわかっています。でも僕は……まだ誰ともキスとかしたことがなくて」

僕は、必死の思いで彼を見つめる。

「だから、大人の男である天澤さんなら、きっとキスの仕方をご存知かと思って。大人のキスってどういうものですか？　やり方を説明していただけると嬉しいです」

僕は言い……それから彼が呆然とした顔で僕を見つめていることに気づいて青くなる。

「……あ、いえ……こんなお願い……図々しかったですよね……」

僕は前髪をかき上げながら、ちょっと泣きそうになる。

「……すみません……僕、調子に乗って……」

「そのシーンの二人……ギュスターヴと相手の女性は、どんな体勢になる予定ですか？　立っている？　椅子に座っている？　それともソファにもたれている？」

彼は僕の言葉を遮って言う。僕は少し考えて、

「ええと……まだ決まっていません。どうしよう……？　あっさりしたキスにするのなら、立っていたほうがいいだろうし、もっと大人っぽくするならソファがいいだろうし……」

「では、いろいろ試してみてはいかがですか？」

彼は言ってソファから立ち上がる。ローテーブルを回り込み、少し広い場所に立つ。

「お教えします。あなたもお立ちになってください。……こちらへ」

「あ、はい。すみません」

僕は立ち上がり、彼に言われたところに移動して彼の正面に立つ。漆黒の瞳に真っ直ぐに見つめられて心臓が跳ね上がる。端麗な顔がとても近くにあることに気づいたら、全身が熱くなって緊張のあまり失神しそうで……。

……いや、緊張している場合じゃない！　これは純然たる取材なんだから！

僕は深呼吸をして、なんとか落ち着くことに成功する。天澤さんが、

「あなたのイメージするキスとはどんな感じなのか、まずはお聞かせください」

僕は少し考え、彼の両肩に手をかけて背伸びをする。顔を少しだけ近づけて、

「こんな感じ……ですか？」

彼はチラリと眉を上げて、

「中学生同士のファーストキスならそれでもいいですが」

少しだけ呆《あき》れたように言われて、僕は真っ赤になる。

「す、すみません。本に夢中で、本当にそういうことにはまったく縁がなくて」

「では、大人のキスを説明します。……プロットでは、ギュスターヴからキスをしかけていったとありましたが、その後、変更はありませんか？」

「変更はありません。……と思います。ともかく、まったくイメージできなくて……」

「わかりました。では、基本的なキスから。……眼鏡を外していただいてもよろしいですか？　説明している時に落としたら大変だ」

「あ、はい、すみません」

僕は慌てて眼鏡を外し、自分のシャツの胸ポケットに入れる。視界がフワリと曇って、彼の顔がよく見えなくなる。

……うん、この方が緊張しなくていいかもしれない。

「それでは、最初のレッスンから」

彼の手がふいに伸びて、僕の両頬をそっと包み込む。

「こうやって、相手が逃げられないように両頬を捕まえます」

「映画で見たことがあります。これって、相手が逃げられないようになんですか？」

「そうですよ。あと、愛撫《あいぶ》の意味もありますね」

彼の人差し指の指先がそっと動いて、僕の耳たぶをそっとくすぐった。

「……あ……っ」

全身に不思議な電流が走り、唇から変な声が漏れてしまう。僕は真っ赤になりながら、

「すみません、変な声を出したりして。ちょっとくすぐったくて」

「いいえ。相手をそんなふうにするのが目的ですから。耳のほかには……」

彼の右手の親指が動いて、僕の唇にそっと触れてくる。ごく軽く唇の形を辿《たど》られて、背中をゾクゾクとした戦慄《せんりつ》が走り抜ける。

「……く……っ」

またおかしな声が漏れ、僕はさらに赤くなる。

「本当にすみません。ええと……それから？」

「あとは、唇を合わせます」

囁《ささや》かれ、そのまま彼の唇が重なってくる。

……嘘……！

僕はもちろん、キスを実践してもらおうとは夢にも思っていなかった。口で説明をしてもらえれば、と思っただけだ。なのに……。

……僕、キス、されてる……！

僕は思い切り目を開き、硬直したままキスを受ける。

……なんで？　僕と彼は男同士なのに……なんで……？

彼の唇が、そっと離れる。僕は呆然と目を見開いたまま、彼を見返す。

「どうしました？」

平然と聞かれて、僕は赤くなってしまいながら、

「……す、すみません、まさか実地で教えていただけるなんて思ってもいなくて……」

「嫌でしたか？　もう降参？」

真っ直ぐに見つめながら聞かれて……僕は自分がまったく嫌でなかったことに気づいて驚いてしまう。

……ほんの少し触れられただけで飛び上がってしまうほどの人嫌いの僕に、まさか、キスができるなんて……。

「……嫌ではありませんでした、むしろ……」

僕は心臓が壊れそうなほど鼓動が速いことに気づく。

「……すごくドキドキしてしまっていて……」

「一つだけ、キスに関する注意事項をよろしいですか？」

彼に言われて、僕は慌てて姿勢を正す。

「……お、お願いします」

「キスの時には、必ず目を閉じること」

彼に言われて、僕は目を見開いたままで呆然としていたことに気づく。

「す、すみません。今、目を見開いたままでキスしてしまいました」

慌てて言うと、彼は僕を真っ直ぐに見つめて、

「もう一度実践します。今度は目を閉じていただけますか？」

「わ、わかりました」

慌てて目を閉じた僕の両頬を、彼の大きな手が包み込む。

「……ん……」

彼の唇が、僕の唇をゆっくりとふさぐ。唇と唇が微《かす》かに擦《こす》れ合い、チュッと音を立てて離れていく。僕の背中を、電流のようなものが駆け抜ける。

「……んんっ！」

彼の唇がそっと離れ、僕は自分の呼吸が乱れてしまっていることに気づく。

「どうしました？　きちんと取材できましたか？」

「す、すみません。びっくりして、よくわかりませんでした」

僕が言うと、彼はやけにセクシーな顔で微笑《ほほえ》む。

「仕方がありませんね。これも取材ですから」

彼は言い、もう一度唇を合わせてくる。

僕は目を閉じて集中し、彼の唇が見た目よりも柔らかいこと、そして両頬を包まれると本当に逃げられないこと、そしてコロンの香りで頭がポーッとすることを頭に刻み付ける。

唇がゆっくりと離れ、僕は呆然と彼の顔を見返す。

「……取材になりましたか？」

低く囁かれ、僕は陶然としたままうなずく。

「……はい。とても勉強になりました……」

「では、明日もっと別のキスを勉強しましょう」

彼に言われて、僕は驚いてしまう。慌てて眼鏡をかけながら、

「もっと別のキスがあるのですか？　キスを交わす体勢を変えるだけでなく？」

「もちろん、今のキスは本当に初歩の初歩ですよ」

彼は平然と肩をすくめ、腕時計を見下ろす。

「そろそろおやすみになった方がいいでしょう。少しお待ちください」

彼は昨夜と同じようにお風呂とパジャマ、タオルやバスローブを用意してくれる。

「それでは、また明日の八時に参ります。おやすみなさい」

彼は言って踵を返す。僕はその後ろ姿を見送り、ドアが閉まった瞬間、もう立っていられなくなって、へなへなとその場に座り込む。

頬だけでなく、全身が熱くなって気が遠くなりそう。

……キスって……あんなにすごいものなんだ……。

◆

次の日。執筆の合間の休憩時間ごとに、彼は僕にキスをしてくれた。

朝は立ったまま、昨日の復習のような軽いキス。お昼には壁に背中を押し付けられるよう

にして、もう少し濃厚なキス。そして次の休憩には、彼がソファの隣に座り、さらに深くて長いキス。僕は、休憩時間が近づくたびに鼓動が速くなるのを感じていた。

……これは取材なのに。彼は協力してくれているだけなのに。どうしてこんなにドキドキするんだろう？

今日は連休最終日。カンヅメも今夜まで。明日の朝早くにチェックアウトをして、僕はそのまま大学の講義に向かうことになっている。

昨夜と同じレストランでのとても美味《おい》しい夕食の後。僕はまた二時間仕事をし、そしてカンヅメ最後の執筆時間を終えた。

今夜の彼は、自分のラップトップコンピュータを僕の部屋に持ち込んだ。薄型で、しかもスペックの高い最新機種。中古で買った重くて大きなコンピュータで仕事をしていた僕は、自分の愛機の古さにちょっと赤くなってしまった。

彼はソファに座り、膝《ひざ》の上に置いたラップトップコンピュータの電源を入れた。そして僕が渡したＵＳＢメモリーをその場で繋《つな》ぎ、原稿を開いてチェックしている。

「このカンヅメで、あなたは単行本換算で六十ページ分もの原稿を書き終えました。投稿してくださった二百ページ分の原稿に百ページほど書き足して一冊にする予定でしたので、すでに予定の半分以上は書いてしまったことになります」

彼は言って目を上げ、ソファの角を挟んだ隣に座った僕に視線を合わせる。

「本当にお疲れ様でした。初めてなのによく頑張りました」

彼の言葉に、僕はなんだかとても嬉しくなる。

「あ……ありがとうございます。天澤さんのおかげで、すごく筆が進みました」

「かなり特殊なやり方ですので、向き不向きはあると思います。あなたには合っているのではないかと思いましたが……いかがでしたか？」

彼に聞かれて、僕は深くうなずく。

「僕はすごくやりやすかったです。時間が決まっているから集中できました。僕としてはかなり気に入ったシーンが書けたと思います」

言ってしまってから、僕は一人で赤くなる。

「あ、いえ……僕としては、なので、本当にいいものが書けたかどうかは……」

「とてもいいものが書けていると思います」

彼があっさりした口調で言い、コンピュータの電源を落とす。

「……え……？」

彼はコンピュータを閉じてローテーブルに置き、呆然とする僕を真っ直ぐに見つめる。

「いいものが書けていると思う、そう言いました。このままのクオリティでラストまで進められれば、素晴しい作品ができ上がる……私はそう確信しています」

迷いのない口調で言われて、僕の頬がジワリと熱を持つ。その熱はだんだんと広がって、最後は全身が蕩《とろ》けそうに熱くなって……。

僕は、呆然と彼を見返しながら思う。

……どうしよう、すごく嬉しい……。

「……あ……」

視界がフワリと曇り、僕の頬を何かあたたかなものが滑り落ちた。

「……え……？」

僕は手を上げて頬に触れ……そこで初めて自分が泣いていることに気づく。

「あ……すみません。なんで泣いてるんだろう、僕。なんだか嬉しくて……」

彼は立ち上がって僕のすぐ隣に座り、そのままのしかかるようにして僕の上半身をソファに押し倒した。

「……あ……っ」

彼の顔が近づいて、僕の頬を伝う涙をそっと舐《な》め上げる。くすぐったさに震える僕の唇に、彼の唇が重なってくる。

「……んん……っ」

「歯を食いしばらないで。口を開いてください」

唇を触れさせたまま、彼が囁く。

「……あ……」

彼の舌が、僕の唇の形をゆっくりと辿り、僕は全身から力が抜けてしまう。

「……あ、う……」

力の抜けた上下の歯列の間から、彼の舌が僕の中にゆっくりと滑り込んでくる。

「……んん……っ」

初めて触れる他人の舌はあたたかく、しっとりと濡《ぬ》れて滑らかで……こんなことを言ったら変かもしれないけど、ものすごく心地いい、そしてとても淫《みだ》らな感触だった。

「……んん……っ」

彼が僕の舌を舐め、とても淫らに深く唇を合わせてくる。

くすぐったいような、甘いような、不思議な快感が背中を走り抜ける。

「……ん、ん……っ」

僕の唇の隙間《すきま》から、自分の声とは思えないほどの甘い呻《うめ》きが漏れる。

……キスをすると、こんなふうに全身が蕩けてしまいそうになるんだ……。

僕は陶然とキスを受けながら思う。

……こんなこと、教えてもらえなかったら絶対に解らなかった。

彼の協力のおかげで、キスシーンは我ながら素敵に書くことができそうだ。書いている間は恥ずかしくて身体が熱くなってしまいそうだけど。

……ああ、彼には本当に感謝しなきゃ。

天澤由明

……どうして、あんなことをしてしまったのだろう……？

彼のあまりに無防備な様子が、私の中の理性の糸を切った。彼の唇は甘く、その呻きはあまりにも色っぽく……。

……私は、すんでのところで彼を押さえつけ、その服を剝ぎ取り、柔らかな身体を開かせて最後まで奪ってしまうところだった。

私は激しい欲望を必死でこらえて部屋を出て、そしてはっきりと自覚していた。

……私は……柚木つかさという青年にどうしようもなく惹《ひ》かれている。

彼は麗しいだけでなく、その内側に煌めく内面を秘めた、とてもすぐれた創作者だ。彼は今後、その透き通る世界観でたくさんの読者を魅了し続けていくはずだ。

私の心が、燃え上がりそうに熱くなる。

まだ小さな蕾《つぼみ》をつけたばかりの彼を、自分の手で最高の状態に育て上げ、見とれるような絢爛《けんらん》たる状態で花開かせたい……それは編集としての義務感だと思っていた。だが……。

彼を見るだけで、気が遠くなりそうなほどの愛おしさと、守ってやりたいという強い気持ちと……そして、身体が燃え上がりそうなほどの激しい欲望を覚える。

……彼に尽くし、彼を守るためならどんなことでもしたい。

……高価な絹にくるんで、大切に宝石箱にしまっておきたい。

……だが……今すぐにでもその身体を引き裂いてしまいたい。

私の中で、複雑な気持ちが混ざり合い、嵐のように荒れ狂う。それは痛く、つらく、苦く、そして、とても甘い熱。

……きっと……これは、恋だ……。

私の心の中に、小さな宝石のように確信が落ちてくる。

……私は、あの柚木つかさという青年に、恋をしてしまったんだ……。

柚木つかさ

カンヅメが終わって、僕は拍子抜けするほど普通の生活に戻った。大学に行き、講義を受け、コンビニでアルバイトをする。たまに小峰《こみね》くんが遊びに来て、本を読んだりたわいない話をしたりして過ごす。

ただ一つ前と違っていたのは……。

『……こんばんは、柚木先生』

数日に一度の割合で携帯電話にかかってくる、天澤さんからの電話。

彼は、僕の講義のある時間やアルバイトのシフトを聞き、僕が都合の悪い時間には絶対に電話をしてこない。まるで僕の気持ちを読んでいるかのように、部屋でくつろいでいる気持ちのいい午後や、一人でいて少しだけ寂しい夜に、彼からの着信音が鳴るんだ。

彼は、電話では原稿の話をしない。僕の作品に役立ちそうな情報をさりげなく教えてくれたり、僕が好きそうな風景の話をとても美しい言葉で表現しながら話してくれる。

受話口から流れるのは、聞いているだけで心が震えるような美声。まるで音楽を聴いているかのような心地よさと、そして身体の芯《しん》が熱くなるようなセクシーさがある。

その余韻に浸っていると、頭の中に綺麗なシーンがどんどん浮かんできて……僕はそれが消えてしまわないように、急いでコンピュータのキーを打つ。

僕は、いつの間にか彼からの電話を楽しみにし、電話から聞こえてくるその優しい声を待つようになった。

……まるで、恋人からの電話を待ち焦がれてるみたい。だって、彼のことを考えると鼓動が速くなって、身体が熱くなってしまうんだ。

僕は今夜もベッドサイドテーブルに携帯電話を置き、ベッドの上で膝を抱えている。携帯電話の隣には、さっきポストで見つけたばかりの一通の立派な封筒。差出人は省林社。中にはパーティーの招待状と案内図、そして出欠の返事をするための葉書が入ってた。

いろいろなことがあってすっかり忘れていたけれど……僕が応募を辞退した省林社新人賞の結果が、いつの間にか発表になっていた。今回のパーティーは授賞式とその祝賀のためのパーティーらしい。僕は慌てて省林社のホームページをチェックし、新人賞を受賞したのが四十五歳で子持ちの小学校の先生だったことを知った。彼はずっと小説家になりたくて作品を書いては投稿を繰り返し、今回、ついに受賞したらしい。とても感動的なコメントが載っていて、僕までがなんだか嬉しくなってしまった。

物思いにふけっていた僕は、聞き慣れた着信音に鼓動を速くする。

ごくごく小さな音で響いたのは、ジャズの着メロサイトでダウンロードした、高音質のメロディ。『Like someone in love』。

あなたといるとなんだかおかしい、まるで恋をしている人みたい……そんな意味の甘い歌詞が、チェット・ベイカーの囁くような声で歌われる。

これは高沢佳明《たかざわよしあき》さんが書いた本の中で、クールな主人公が好きだった曲。その渋くて格好いいキャラクターと、ハンサムな天澤さんのイメージが被って、僕はこっそりこの曲を彼からの着メロにしているんだ。

僕は液晶画面を見下ろし、『天澤由明《よしあき》』という名前を見て、頬が熱くなるのを感じる。

……彼のことを考えると、いつも僕は少し変になる。この曲の歌詞みたいに。

彼のハンサムな顔や、あたたかな指先や、低い声や、優しく教えてもらったキスを思い出すだけで……心と身体がなんだかおかしくなる。心が甘く痛んで、身体が蕩けそうに。

……本当に……まるで、恋をしている人みたいだ。

僕は頬を熱くしながら、携帯電話のフリップを開ける。そして、ドキドキしながら通話ボタンを押す。

「……はい、柚木です」

『こんばんは、天澤です。今、お話をしても大丈夫ですか？』

受話口から流れて来たのは、僕が待ち焦がれていた低い声。キュッと胸が痛んで、言葉がとっさに出ない。彼はあっさりと、

『急ぎの用件ではないので、お忙しいようでしたらメールで……』

「い、忙しくないです！」

僕は慌てて言う。強引なようでいてとても神経の細かい天澤さんは、絶対に無理なことをしない。少しでも僕が迷うそぶりを見せるとあっさりと引く。その遠慮深さは怖がりの僕にとってはすごく心地いいけれど……少しだけドキドキさせられる。だって、もしかしたら二度と電話をしてきてくれないんじゃないかって、不安になるから。

「あの……省林社のパーティーの招待状が届いたんですが……」

『ええ。お出ししました。柚木先生、もちろんパーティーにはいらっしゃいますね？』

「いえ、あの……」

天澤さんに聞かれて、僕はしどろもどろになりながら、

「僕なんかまだ本も出していないし、何よりも着ていく服がありませんから」

『それはこちらで用意させていただきます。同業者に会えばモチベーションも上がりますし、何よりも取材になります』

……ずっと憧れていた作家さんに会えたり、華やかなパーティー会場を見たり……そんなの、僕だってやっぱり憧れる。でも……。

「僕、かなりの人見知りで、パーティーで一人になったら硬直しそうだし……」

僕は正直に言って、携帯電話を持ったまま頭を下げる。

「だから、本当にすみませんけど……」

『私は、あなたのそばを一瞬も離れません』

彼がきっぱりと言い、なぜだか鼓動が速くなる。

『一緒にパーティーに行きましょう。何か新しい扉が開くかもしれませんよ』

彼の言葉に、なんだか胸が熱くなる。

……もしかして……。

僕は彼の美しい低い声の余韻に浸りながら思う。

……彼と一緒なら、僕は変われるんだろうか……？

『……柚木先生？』

心配そうに聞かれて、僕は決心する。いつまでも自分の殻に閉じこもってウジウジしていても、きっと僕は変われない。

「わかりました。あの……よろしくお願いします」

『よかった。当日はよろしくお願いします。楽しみにしています』

彼は言って、あっさりと電話が切れる。

……どうしよう……今から緊張する……。

◆

パーティーの一週間前。僕は天澤さんと一緒に吉祥寺に行き、視力に合ったコンタクトを買った。パーティーでは眼鏡を外してコンタクトにする予定だ。

そしてパーティー当日。僕は講義を終えてすぐに電車に飛び乗り、待ち合わせ場所の銀座に向かった。そしてソニービルの前で待っていた天澤さんと合流し、彼の行きつけらしいブティックに行った。服は用意すると言われていたから、結婚式のときみたいな貸衣装か何かを利用するんだとばかり思っていたんだけど……。

「たしかに、ものすごく素敵な服です」

僕は、眼鏡を外してコンタクトを着け、彼が選んでくれた服に身を包んでいる。鏡の中の自分から、なぜだか目が離せない。

僕が着ているのは黒いベルベットの襟がついた美しいミッドナイトブルーのスーツ。そしてシルクのスタンドカラーのシャツ。シンプルだけど艶《つや》のある質感が、いかにも高級そう。とても仕立てがよくて、鏡に映る自分はまるで別人みたいに見える。これを着てパーティーにいけたら素敵だろうな、と一瞬夢見てしまうけれど……。

「すみません、でもやっぱり無理です」

僕はちょっと悲しくなりながら言う。

「残念ですけど、僕みたいな地味なやつに、こんな素敵な服が相応《ふさわ》しいわけがないです。っていうか二十万円近い服を買う余裕は、僕には……」

「気に入りましたか、気に入りませんか？」

天澤さんの言葉に、僕は慌てて、

「ものすごく気に入りました。お金さえあれば絶対に買いたいです。でも……」

「でしたら結構」

天澤さんは言い、さっさと自分のカードを出してお金を払ってしまう。

「待ってください、あなたにお金を出していただくわけには……！」

「あなたはいつか空前の大ベストセラーを出します」

天澤さんに言われて、僕は呆然とする。

「もし、どうしても気になるのなら、その時、印税から返していただければ結構です」

「でも、そんな遠い話……」

「遠い話ではないと思いますよ」

あっさりと言われて、僕は言葉に詰まる。

……ここで「ベストセラーなんて一生出せません」とか「その前に僕みたいなヤツが作家を長く続けられるかどうかもわかりません」なんて正直に言ってしまったら、せっかく頑張ってくれている彼に申し訳ないかも。

「……でしたら、いつか印税でお返しします」

僕が言うと、彼はにっこり笑ってくれる。

「いいお返事です」

……ああ、こんな素敵な人にエスコートされて、こんな素敵な服を着て、パーティーに行くなんて。

僕は鏡に映る自分と天澤さんの姿を横目で見ながら思う。

……なんだか、本当にお伽噺にでも紛れ込んだみたいだ……。

◆

僕と天澤さんが乗ったハイヤーは、ゆっくりとホテルの車寄せに滑り込む。

パーティーの会場になっていたのは、西新宿にあるピーク・ハイアット・ホテルだった。お洒落《しゃれ》な人たちに人気の隠れ家的超高級ホテルで、宿泊費は一番安い部屋でも五万円はすると聞いたことがある。エントランスの両側にはヨーロッパのホテルにでもいそうな金髪のハンサムなドアマン達が待機してドアを開き、にこやかに客を迎えている。

呆然としている間にタキシードに似たシックな制服を着た男性が近寄ってきて、外側からハイヤーのドアを開けてくれる。

「ようこそおいでくださいました」

「……あ……お、お邪魔します……」

丁寧に言われて、僕はなんて答えていいのか解らずにマヌケなことを言ってしまう。彼がにっこり笑ったのに気づいて思わず真っ赤になる。

……ああ、めちゃくちゃ恥ずかしいかも……。

僕は、彼がドアを押さえてくれていることに気づいて慌てて車から降りようとするけれど……慣れない革靴を履いているせいで靴先が車の床にひっかかり、バランスを崩す。

「……あっ」

両手に荷物を抱えているせいで、手が使えない。車寄せの石の床が視界に一杯になり、僕は顔から転ぶことを覚悟して思わず目を閉じる。

……ああ、何やってるんだ、自分？

僕の腕を、後ろから伸びた天澤さんの手が掴む。そのままキュッと引かれてまたバランスを崩し、気がついたら僕は彼の胸にもたれかかってしまっていた。

「……あ……っ」

頬に触れているのは、彼のスーツの上着の生地。とても上等そうなサラサラとした感触、そしてそれ越しに伝わってくるあたたかな体温。そして鼻腔《びこう》を、ものすごくいい香りがくすぐっている。それは前にも感じたことのある彼のコロンの香り。最初に感じるのは爽《さわ》やかな柑橘系《かんきつけい》。それから深い森にいるような爽やかな針葉樹、そして深い場所に隠されているセクシーなムスク。

……ああ、本当にいい香り……。

「慌てなくて大丈夫ですよ、柚木先生」

陶然としてしまった僕は、低くて優しい囁きにドキリとする。慌てて顔を上げると、彼のハンサムな顔がやけに近くにあって……僕はそこでやっと、自分がどんな格好をしているかに気づく。

……うわ、僕、彼の胸にもたれかかってるじゃないか！

「す、すみません、本当に！」

僕は必死で謝り、慌てて彼から身体を離す。

「恥ずかしいです、なんかもう、なにもかもがダメすぎて……」

「少しお待ちください」

彼は言って僕がいるのと反対側のドアを開け、車外に出てしまう。そのまま車を回り込み、僕がいる方のドアの前に立つ。

「……手を」

開いているドアから手を差し出されて、僕は呆然と彼を見上げる。

「あなたが転んだりしたら大変です。手を」

長身の彼がするとやけに様になっていて……まるで美しい映画でも見ているみたいだ。差し出されているのが美人名女優さんじゃなくて僕ってところが、なんだか申し訳なくなるくらい素敵で……。

「……ええと、僕、自分で……」

「柚木先生。転んでケガでもしたら、〆切に間に合わなくなりますよ？」

手を出す勇気が出ない僕を、彼がチラリと睨《にら》み下ろして言う。

「あ、はい、すみません！」

僕は言って彼の手の上に自分の手を乗せる。彼は僕の手をしっかりと握り、僕が車から降りる手助けをしてくれる。

「……ふう」

無事に車から降りられた僕は、ホッとして思わずため息をつく。それから、彼の手をしっかり握り返したままであることに気づく。

「あっ、すみません！」

慌てて手を引こうとするけれど、彼はなぜか手を離してくれない。しっかりと手を握られたまま真っ直ぐに見つめられて、なんだか頬が熱くなる。

「……あの……？」

「ご自分で立てますか？」

彼は真っ直ぐに僕を見つめたままで言う。僕は慌ててうなずいて、

「は、はい。もう転びません」

「でしたら結構」

彼は僕の手を離してくれる。僕はホッとするけれど……彼が背中にそっと手を回してくれたことに気づいてまた緊張してしまう。

「行きましょう。パーティー会場は四十二階です」

彼はごく自然に僕をエスコートしながらエントランスを入る。すごい豪華ホテルだって聞いていたから、ロビーがとても狭いことに僕は少し驚く。こんな有名ホテルに来るなんてもちろん初めてなんだけど……？

「……フロントがない。泊まる人はどうするんだろう？」

思わず呟《つぶや》いてしまうと、エレベーターのボタンを押していた彼が言う。

「フロントは四十階にあります。このエントランスも、タクシーで来ない限り探すのがとても面倒です。このホテルが雑誌などで『隠れ家的』といわれるゆえんです」

その言葉に、僕は思わず赤くなる。

……ってことはここはロビーなんかじゃ全然なくて、ただのエントランスだったんだ。

ポン、という音がしてエレベーターの扉が開く。エレベーターが見たこともないほど広く

てお洒落な内装だったことに気づいて僕は驚いてしまう。

「どうぞ」

背中に手を回してくれた彼にエスコートされ、僕はエレベーターに乗り込む。彼はほかの客がいないことを確かめてから階数ボタンを押し、エレベーターの扉が閉まる。

床にはフカフカの絨毯《じゅうたん》が敷かれ、蠟燭《ろうそく》みたいな明るさの間接照明に照らされている。ヴェネツィアの仮面舞踏会にでも使いそうな仮面がいくつも飾られていて……とてもエレベーターの中とは思えないほどお洒落だ。

「……なんだか……エレベーターに乗るだけで圧倒されそう」

思わず言った僕を、彼が不思議そうに見下ろしてくる。

「……いえ、どこもかしこもお洒落で……」

「このホテルは造りが変わっているので、取材にもなると思います。執筆のご参考になればいいのですが」

彼は前を向いたまま無感情に言う。彼のもう片方の手は、まだ僕の背中にごく軽く当てられたままだ。馴れ馴れしさのまったくないごく自然な仕草。だけど上着とワイシャツの布地を通して伝わってくる彼の体温に、鼓動が速くなってしまう。

……ああ、どうしたんだろう……？

僕は、頬が熱くなってくるのを感じながら思う。

僕は子どもの頃から、人に触れられるのが極端に苦手だ。不用意に触られると、飛び上がったり、もっとひどいと思わず振り払ってしまう。僕の過剰な反応に、相手は驚き、そして傷つくみたい。両親や兄からは子供らしくないと言われ、高校生の頃にはそれが原因でちょっと苛《いじ》められたりもした。自意識過剰じゃないかとか、警戒心が強すぎて相手に失礼じゃないかとか、常に思ってるんだけど……どうしても苦手で克服できないんだ。

彼の上司である省林社の高柳副編集長も、ことあるごとに僕に軽く触れてはエスコートしてくれる。彼は口は悪いけれど神経が細やかな人だから、僕に触れる前にはごく小さな声で「失礼」と言ってくれる。だから飛び上がったりはしないで済んでいるけれど……やっぱり、意識していないと逃げそうになってしまう。

……でも……。

僕は、彼に触れられても逃げたくならないことに驚いていた。それどころか、なんだかもっと近くに来てくれてもいいのに、なんてちょっと思ったりして……。

……どうして、こんなふうに思っちゃうんだろう？

エレベーターの動きが緩やかになり、小さな振動とともに停止する。ポン、という軽い音とともに扉が開いて……。

……うわ……。

そこに広がっていた景色に、僕は本気で圧倒される。

……本当に、別世界だ……。

エレベーターの外は、いきなり広々とした空間になっていた。ガラスの天井は三階層くらいありそうなとても高い吹き抜け。壁はガラス張りで、怖いほど美しい東京の夜景が見渡す限り広がっている。ゆったりとした間隔をあけてソファが向かい合い、ローテーブルに灯《とも》された蠟燭の炎が幻想的に揺れている。右手の方にバーカウンターがあり、その近くに置かれたグランドピアノでジャズの生演奏が行われている。

「ここが、このホテルのロビーラウンジです。出版社の打ち合わせに使われることも多いですね」

彼は言いながらそっと僕の背中に手を当て、エレベーターから降ろしてくれる。

「打ち合わせだけでなく、カンヅメになる先生もいらっしゃいます」

「こんなところで……打ち合わせや、カンヅメ？」

僕は呆然と見渡し……夜景を見てノンビリとお酒を飲んでいる人々だけでなく、膝にコンピュータを置いて必死で何かを打ち込んでいる人や、額をつき合わせるようにして真剣に話し合っている人々がいることに気づく。スーツを着ていなかったり、長髪だったりするせいで、ビジネスマンには見えない。だけど学生がこんなところに来るわけがなくて……。

「……違うかもしれませんが、今も作家さんみたいな人、何人かいらっしゃいますね」

僕が思わず言うと彼は小さく笑って、

「そんな雰囲気ですね。顔を存じ上げませんので省林社でお仕事をしている方ではないようですが。うちの高柳はかなりのサディストですが、ほかの作家さんがパーティーでご馳走を食べている中、カンヅメにするほどの鬼畜ではないと思いますし」

その言葉に、僕は思わずちょっと笑ってしまう。

「……たしかに、それはとても可哀想《かわいそう》」

彼は歩きながら僕を見下ろし、それから、

「お洒落な内装だけでなく食べ物も美味しくて、有機野菜のスティックと蒸したての点心がおすすめです。午後には本格的なアフタヌーンティーも行っています。うちの小田《おだ》が澤小路《さわのこうじ》先生と打ち合わせに使ったようで、スコーンがとても美味しかったと言っていました」

「……点心……スコーン……」

食いしん坊の僕は、その言葉に反応してしまう。

「よかったら、今度ここで打ち合わせをしましょう。もしも高いところが怖くなければ、ですが」

「怖くないです。夜景はとても好きで……あと、点心とスコーンも……」

僕は言いかけて、それからハッとする。少し青ざめてしまいながら、

「……いえ、僕みたいな駆け出しがこんなところに来るのは、百万年早いです」

「自信を持ってください。あなたは省林社が社命をかけて売り出す大型新人さんですし、す

ぐに超人気作家になるでしょう。私が保証しますよ」

彼は前を向いたまま平然と言い、僕はその言葉に、一瞬、甘い目眩を覚える。

……彼はきっと僕に発破をかけるために言ってくれてるんだろうけど……でもそんなことを言われたら、ちょっとだけ本気にしてしまいそうだ……。

僕の冴《さ》えない中身はまったく変わっていないんだけど、こんなに素敵な服を着て、こんなに素敵な天澤さんにエスコートされて、そしてこんなにお洒落な場所にいる。

……なんだか……今夜だけ、別人になったみたいだ……。

僕は普段はアパートと学校とアルバイト先のコンビニの三カ所にしか行かない生活を送ってる。たまに駅前の小さな喫茶店に行くことだけがささやかな楽しみだったし。だけど。

……デビューが決まってから、本当に別世界に紛れ込んでしまったみたい。

僕と彼はラウンジの脇を歩き、絨毯が敷かれた天井の低い通路に入る。通路の脇には都会的な内装のレストランがあり、お洒落な人々が蠟燭の灯されたテーブルに向かい合っている。

こっちはデート中らしいカップルがほとんどだ。

「ここは『デュランドーロ』。新鮮なシーフードがオススメです。デザートに出される『オレンジのクレープ・シュゼット』は絶品ですよ」

「……クレープ！　大好きなんです！」

僕は思わず言ってしまい、そして赤くなる。

「……すみません。食いしん坊で、つい食べ物に反応してしまって……」

「いいえ。リクエストを言っていただけると、打ち合わせの場所を決めやすい。こちらとしても助かりますよ」

彼は言って、レストランの脇を歩き抜ける。それからふと立ち止まって腕時計を見る。

「このままパーティー会場に行ってもよろしいですか？　それとも一休みなさいますか？　すでに開宴していますので、急ぐこともありません」

僕は、その質問の意図が解らずに呆然とする。

……休むって……どこかでお茶をするということだろうか？

「いえ、あの、特に疲れてはいませんが……あ、荷物」

僕は自分が服装にまったく似合わないデイパックを持っていることに気づく。それに、彼は僕が着ていた服の入った紙袋を持ってくれている。

「お荷物はクロークに預けられます。……では、向かいましょうか」

彼は言って、通路を左に折れる。そこには天井までの大きな本棚が並んでいて、お洒落な写真集や外国語の美しい装丁の本が並べられていた。

「わあ、綺麗な本。こんなところに本屋さんが？」

「これは『ライブラリー』と呼ばれる場所で、たしか二千冊ほどの蔵書があるはず。宿泊客は自由に借りることができます」

「わあ……それって、なんだか、すごく素敵です」

僕は彼にエスコートされながら進み、さらに上階に続くエレベーターに乗り込む。そしてエレベーターの扉が開き……さらなる別世界を見ることになる。

「……うわ……」

エレベーターを降りてすぐに『省林社　新人賞授賞式　謝恩パーティー』と書かれた看板が飾られている。

「荷物を預けましょう。こちらへ」

天澤さんは言って僕の背中にさりげなく手を回し、受付の隣にあるクロークに誘導してくれる。

……あ……。

背中に感じる、彼の手のひらの感触。スーツ越しに伝わってくる彼の体温に、鼓動がなぜだかどんどん速くなる。

荷物を預け、クロークの隣にある受付で名札をもらって胸に着ける。僕の名前を知っている人なんかもちろん誰もいないけど……なんだかすごく緊張する。

僕は天澤さんにうながされて飲み物を受け取り、豪奢《ごうしゃ》なシャンデリアに照らされた、広々としたパーティーフロアに入る。そして埋め尽くす煌びやかな人々の群れに、呆然と見とれる。女性はパーティー用のワンピースや和装などの華やかな服装だけど、男性は普通のパーティーよりもカジュアルな感じ。彼らはみんな堂々としていて、リラックスした感じで言葉を交わしたり、お酒を飲んだり、ビュッフェテーブルから持って来た料理を頬張ったりしている。彼らの間を、ダークスーツを着て胸に名札をつけた出版社の社員の人達が回遊魚のように足早に歩き、知り合いの作家を見つけては挨拶をして回っている。

……完全に別世界だ……。

僕達が歩くと、話していた人々が次々に振り返る。それに気づいて真っ赤になる。

……天澤さんはものすごく素敵だし、その人が僕みたいなマヌケなヤツを連れていたら、きっと目立つよね……。

天澤由明

「彼は柚木つかさ先生。期待の新人さんです。どうかよろしくお願いします」

高柳副編集長が、柚木を取り囲んだ作家達に彼を紹介している。

「ああ、それからこれが天澤。うちの新しい編集です。他社から移ってきたばかりで、まだほとんど担当を持っていないのですが」

「天澤です。よろしくお願いいたします」

さりげなく紹介してもらった私は彼らに名刺を配り、自己紹介をする。その間も、彼らの視線は、私の陰に隠れるようにして立っている柚木に釘付《くぎづ》けだ。

若く、とても麗しい柚木はどこを歩いても人々の視線を集めた。さりげなく近づいてきた高柳副編集長が、美青年が好きな作家や、酒癖の悪い作家をそれとなく教えてくれたせいで、私は彼らを避けながら進み、柚木を作家達に紹介することができた。

柚木は作家達から次々に名刺を渡され、自分が名刺を持っていないことを恐縮しながら謝っている。

本当なら、パーティーの前に一言言って、彼に名刺を作らせることもできた。だが、私はあえてそれをしなかった。彼のような新人作家は、ほかのベテラン作家にいじられがちだ。交流を楽しめるタイプならともかく、繊細な柚木は挨拶のメール一本でも動揺するだろう。

「本当に純粋そう。でも、現代っ子だからカノジョとかはいるんだろ？」

「お姉さんたちみたいな年上に興味ある？」

作家達が、柚木をさっそくからかっている。彼らは高柳副編集長が担当する若い売れっ子達。さばさばして友人も多いタイプで、新人の柚木にしつこくしたり苛めたりするような心配はないので安心していられる。

「……カノジョとか、一度もいたことがないんです……」

柚木の恥ずかしそうな言葉に、女性作家達が歓声を上げる。

「きゃ〜、可愛い！」

「いや〜ん、私が、柚木くんの初めての恋人に立候補しようかしら？」

女性作家の一人が言い、柚木の肩にしなだれかかる。

「……あっ」

柚木はその瞬間に目に見えて動揺し、彼女の手を振り払うようにして後退《あとじさ》る。振り払われた女性作家が、その反応に目を丸くしている。このままだと場の雰囲気が壊れそうだと思った私は、

「すみません、吉野《よしの》先生。柚木先生は純情で美しい女性に慣れていないのです」

言いながら、そっと柚木をかばう位置に立つ。青くなって硬直していた柚木はやっと我に返ったように頭を下げる。

「……すみません。僕、ドキドキしてしまって、どうしていいのかわからなくなってしまって……」

呆然としていた女性作家が、私達の言葉に相好を崩す。

「あら、気にしないで。……本当に可愛いわ。もう、食べちゃいたい！」

「吉野女史は見るからに肉食獣だし、柚木くんはいかにも可愛い草食動物って感じだ。本当に食べられちゃいそうだよなあ」

「逃げた方がいいよ、柚木くん。骨まで食われるぞ」

「何よ、意地悪ね！」

作家達が言い合い、柚木はまだ動揺したまま、

「……ほ、本当にすみませんでした」

頬を染めて恥ずかしそうに言い、周囲を取り囲んだ作家達が楽しげに笑う。

「柚木くんって、こんなに綺麗なのに面白いんだなあ」

「昨今の若者にしては珍しいピュアさだよね」

「私、もうファンになっちゃったかも。本が出たら応援するわよ」

柚木は、美意識の高い作家達の視線を釘付けにし、ほんの一言話すだけで次々に心を奪っていく。彼が人の心を奪うことのできるルックスとオーラを持っているというのは、担当編集としてはそれはもちろん喜ぶべきことだ。

……だが……どうしてこんなに複雑な気持ちになるのだろう……？

「あ、柚木くんが来てる！」

「おお、天澤さん。彼を連れてくるなんてお手柄じゃないか！」

「やあ、柚木くん。苛められてない？」

声がして、顔なじみの作家、紅井悠一《くれないゆういち》、草田克一《そうだかついち》、押野充《おしのみつる》の三人が近づいてくる。緊張していた柚木が、目に見えてホッとした顔になる。

「こんばんは、紅井先生、草田先生、押野先生」

柚木が嬉しそうに言い、女性作家達が驚いたように、

「あら、紅井くん達、柚木くんともう知り合いなの？」

「やけに親しそうじゃない？」

「そうだよね～、柚木くん！　僕達、プライベートでも飲んでる深～い仲なんです」

紅井悠一が柚木に言い、女性作家達に意味ありげな流し目を送る。女性作家達が、

「いやあ、なんだか萌《も》える」

「美青年同士、すごくいいわ」

黄色い声を上げてはしゃいでいる。

「あ、柚木先生！　いらしてたんですね！」

嬉しそうな声がして、編集の小田が近づいてくる。彼の後ろには大城貴彦《おおしろたかひこ》がまるでナイトのように付き添っている。以前は可愛い顔のせいで作家達にからかわれ続けていたという小田だが、本人がしっかりしてきたことと、大城貴彦に猶木賞を取らせたことで周囲から認められたようだ。堂々とした態度で近づいてきて、柚木を囲んでいる作家達にそつなく挨拶をしている。

「柚木先生、素敵なスーツですね。すごくお似合いです。綺麗です」

小田が柚木を見てうっとりしたように言う。彼は柚木の普段の格好を見慣れているので、なおさら眩《まばゆ》く見えるのだろう。

「あ……これは、天澤さんが選んでくださったんです。僕、服とか本当に疎いから」

柚木が恥ずかしそうに言い、女性作家達が目を煌めかせている。

「きゃあ、天澤さんのお見立て？」

「服を選んであげるなんて、ラヴラヴじゃない。ますます萌え！」

「あの……天澤さん」

小田が私の隣に立ち、小声で言う。

「高柳副編集長が、『部屋のチェックインは済ませたので、柚木先生が疲れているそぶりを見せたらすぐに部屋に行って休ませろ』とのことです」

言いながら、さりげなくカードキーを渡してくれる。

「この後で二次会もありますし、紅井先生達は部屋を取ったみたいなので、そこに集まって三次会と称した宴会になると思います。三人とも脱稿したばかりなので、朝までコースになりそうですが」

苦笑しながら言う。彼の隣に立った大城貴彦が、小声で、

「紅井達はやけに顔が広くて、彼らの部屋での三次会にはいろいろな作家が出入りする。かなり飲むと思うし、あまりおすすめできない」

ため息をつきながら言う。

「貴重な情報をありがとうございます、大城先生」

私は言って、小田から受け取ったカードキーをポケットに入れる。紅井悠一達のそばにいる柚木は少し安心したようだが、ともすると視線が泳ぎ、かなり疲れているように見える。

「たしかに、柚木先生は慣れないパーティーで少しお疲れのようです。ずっと緊張し続けていましたし」

顔を上げると、少し離れた場所から高柳副編集長と太田編集長がこちらを見ている。高柳副編集長が宴会場の出口の方にチラリと視線を移したのに気づいて、私はうなずく。

「お話中すみません。柚木先生、高柳副編集長がご挨拶をしたいようなので……」

言うと、集まっていた作家達は口々に、「苛められるなよ」「頑張って」と言って送り出してくれる。私は小田にうなずいてみせてから、柚木の背中に手を当てるようにして人ごみを縫って歩く。

……私が触れても、震えなくなったな。

私は彼の艶やかな髪を見下ろしながら思う。彼は人との接触を好まないようで、不用意に触れるととても怖そうにする。時にはさっきのように手を振り払ってしまったりもする。最初に触れた時にはビクリと身体を震わせ、逃げないようにと必死で唇を噛《か》んでいた彼が……今は、私が触れる時だけはごく自然にふるまってくれるようになった。

無遠慮にならないように、私はエスコートできるギリギリの軽さでしか彼に触れない。だが彼の柔らかな感触とそのあたたかな体温が手のひらからうっすらと伝わってくる。

……抱き締めてしまいたい……。

彼の服からは、いつも清潔な石鹸《せっけん》の香りがする。そしてその肌からは、ハチミツと茉莉花《ジャスミン》を混ぜたようなとても芳しい香りが立ち上る。今までに嗅《か》いだどんなコロンも敵《かな》わない、目眩がするようなその芳しすぎる香りは……私をいつも陶然とさせる。

……ああ……この欲望はなんなのだろう……？

「柚木先生」

会場のエントランスで待っていた高柳副編集長が近づいてきて、柚木に声をかける。

「高柳副編集長」

柚木が目に見えて安心したことに気づき、私の心がズキリと熱く痛む。柚木は自分をスカウトし、しつこかった他社の編集長を撃退してくれた高柳副編集長のことをとても慕っているのはよく解っている。だが……。

……どうしたんだろう？　まるで嫉妬でもしているかのようだ。

「あと十分ほどで閉宴になり、小宴会場での二次会になります。もしも興味があればご案内しますが……もしかしてお疲れでは？」

高柳副編集長に心配そうに言われて、柚木が目に見えてホッとした顔になる。

「ええ、人がたくさんで緊張したので、ちょっとだけ」

「でしたら、私が部屋にご案内します。今日はゆっくりおやすみになってください」

私が言うと、柚木はうなずき、感謝を込めた目で見上げてくる。

「わかりました。でも、今夜はいろいろな体験ができて楽しかったです。みんな、背中を押してくれた天澤さんのおかげです」

煌めくような笑顔を向けられて、目眩がする。

……ああ、今にも理性が吹き飛んでしまいそうだ……。

柚木つかさ

「……うわあ……！」

部屋に入った僕は、思わず驚きの声を上げてしまう。

「……素敵な部屋……！」

部屋はジャポネスク・モダンとでも言うのか、とても素敵な雰囲気だった。基本はシックなモノトーンだけど、ところどころに木や和紙や籐などのプリミティヴな素材が使われていて……とても落ち着く空間だ。

部屋は広々としたリビングと、キングサイズのベッドを持つスイートだった。こんな超高級ホテルのスイートなんかいくらするんだろうと思ったけれど……天澤さんは「会社のお金ですからどうかご遠慮なく」とあっさりと言ってくれた。

「では、ごゆっくりおやすみください。明日は講義ですか？」

「はい。明日は十時からの講義があるので、八時半くらいに出ようかと。あの……」

僕はなんとなく寂しい気持ちになりながら、

「天澤さんはお帰りになるんですか？」

「カンヅメの時ならともかく、パーティーの夜には社員の部屋までは用意してもらえません。タクシーで社に戻ってソファで仮眠します。七時半に来ますので、朝食を……」

「よかったら天澤さんも泊まってください。ベッドはキングサイズだから大きいし、どうせ男同士だから一つのベッドでもいいし……あっ」

僕は何気なく言い……だけど次の瞬間、彼の腕に抱き締められて呆然とする。

「そんなことを言ってはいけません。あなたは無防備すぎる」

囁くように言われて、立ったまままいきなり唇が奪われる。

「……んん……っ！」

彼の舌が僕の中に忍び込み、僕の舌をすくい上げ、吸い上げてくる。

「……んんん……っ！」

カンヅメの夜にした取材のキスよりも、もっともっと熱いキス。

僕はあまりのキスの甘さに陶然としてしまい……いつの間にか、脚の間の部分が熱く熱を持っていることに気づく。

……う、そ……！

僕はもちろん恋人なんかいないし、しかも一人Hもすごく稀《まれ》。我慢できなくなったら本当に義務的にするだけ、って感じだった。だから自分は淡白な人間だって思ってて……。

……なのに、人前で、こんなふうに硬くなっちゃうなんて……！

「……もう、だめです……あっ！」

僕は必死で逃げようとするけれど、彼に壁際に追い詰められ、さらに腰を引き寄せられて、逃げることができなくなる。

抱き寄せられて、彼の引き締まった腿《もも》に、僕の硬い屹立《きつりつ》がグリッと当たってしまう。

……ああ、キスだけで勃ててしまったこと、彼に気づかれてしまった……？

「原稿で忙しくてマスターベーションができなかったのですか？」

彼が言い、二人の身体の間に右手を滑り込ませる。

「……ここが……こんなに硬くなっています」

布越しに屹立に触れながら囁かれて、僕は真っ赤になってうなずく。

「……すみません……なんだか、急に硬くなってしまって……」

「……誰かを抱いたことや、抱かれたことは？」

彼は低く囁きながら、僕の屹立の形を指先でそっと辿る。

「そ、そんな……もちろんないです」

僕の声が、湧き上がる快感に震えてしまう。

……どうしよう……イキそう……。

「それなら、触れられる悦びも、イカされる快感も……まだ知らないんですね」

彼は言いながら、僕の屹立を手のひらで包み込み、そのままゆっくりと愛撫する。

「……ダメ……あなたの手を汚しちゃいますから……んん……」

僕の言葉をキスでふさぎ、彼は僕のスラックスを脱がせ、下着を腿まで引き下ろす。

……嘘……脱がされちゃった……。

「これが大人の快感です。よく覚えてください」

あまりのことに硬直する僕の屹立を、彼が手のひらで包み込む。

「……あっ、あっ」

先走りでヌルヌルになってしまった屹立を巧みに愛撫され、僕は何もかも忘れて喘《あえ》ぎ……。

「……く、うう……！」

あっけなく欲望を迸《ほとばし》らせてしまう。彼は僕の白濁を手のひらで受け止める。

……信じられない……彼の手でイッちゃった……！

「よくできました。たくさん出ましたね」

彼は褒めるように言い、バスルームに消える。すぐに戻って来て、あたたかい濡れタオルで僕の屹立を包み込む。

「……あっ、ダメです……！」

タオルに包んだまま手を上下に動かされ、その刺激だけで僕はまた勃起してしまい……。

「本当に研究熱心な先生だ。まだ取材を続けたいんですね」

彼は言いながら、僕が着ていた服をすべて脱がす。そのままバスルームに連れて行かれ、お湯が半分くらい入っている湯船に座らせられる。

「……あ……」

上着を無造作に脱ぎ、袖口をまくりながら彼が僕を見下ろしてくる。その視線がやけに熱く感じられて、すごく怖いと思うのに逃げられない。石鹸で滑る彼の手が乳首や屹立に触れてきて、僕は怖いほどの快感を感じる。

「気持ちがいいですか？」

耳元で囁かれて、その声の甘さに、もう何も考えられなくなる。

「……気持ちいいです……オトナって、みんなこんなことをしているんですか？」

「もっともっと先がありますよ。本当の快感を知ることができるのは、一部のオトナだけです。あなたが知りたい時には、いつでも取材を受け付けます」

彼は言い、泡で滑る手で僕の屹立を包み込む。そのまま激しく愛撫して……。

「……ああっ！」

目の前が真っ白になり、僕の先端から、ドクドクッと欲望の蜜が迸る。

……これ以上の快感があるなんて、オトナってすごい……。

イキすぎて魂が抜けてしまったような僕の身体を、彼は綺麗に洗ってお湯で泡を流してくれた。

僕を支えて立ち上がらせ、身体を拭いてパジャマを着せてくれる。そしてまるでお姫様みたいに横抱きにしてベッドに抱いていって、とても優しく布団でくるんでくれた。

「明日の七時半にお迎えに上がります。ゆっくりおやすみください」

そう囁いて、またとても優しいキス。

彼は踵を返し、そのまま部屋を出て行ってしまう。

……今のは……いったいなんだったんだろう……？

僕はあまりのことに呆然とし、それから混乱のあまり少しだけ泣いてしまう。

……だけど……。

僕の心に、嫌悪感はない。僕の中にあるのは、熱と、恥ずかしさと、そしてなぜか喜びだった。

……もしかして僕は、彼のことを好きになってしまってるのかな……？

そう思ったら、鼓動がドクンと高鳴ってしまう。

……もしかして、本当にそうなのかも……。

天澤由明

……私は不思議な衝動に動かされ、カンヅメの夜にキスを教えた。そしてパーティーの今夜、ついに彼を愛撫してイカせてしまった。

私はタクシーの車窓に広がる景色を見ながら、深いため息をつく。

私は、銀座の小さなバーの前でタクシーを降りた。校了明けには、たいてい修陽社時代の先輩である向田《むこうだ》さんがそこに来ている。私は彼に会って話をし、少し落ち着きたかった。

「こんばんは、向田さん。お久しぶりです」

年代物のカウンターの一番端、いつもの席に向田さんは座っていた。彼はいつものように年代もののバーボンの水割りを、本を読みながらチビチビと飲んでいる。高齢のバーテンダーがいるとても落ち着いたこの店ならではの飲み方で、これは彼の一番の楽しみだそうだ。

「おお、天澤。省林社に行ってからすっかりご無沙汰《ぶさた》だったじゃないか」

彼は言い、自分の隣のスツールを私に勧める。私はそこに座り、バーテンダーに『ギブソン』を注文する。ドライ・ジンとドライ・ベルモットで作ったカクテルで、マティーニよりもジンの割合が高い。私は今夜はもう何も考えたくなかった。

「デビュー前の新人を担当して、一から育てているところです。とんでもない才能に溢《あふ》れた作家で、彼の本が出たらとんでもないベストセラーになると思います」

私は言うが……柚木の呆然とした顔を思い出して、胸が痛むのを感じる。

……キスすらしたことのなかったあの無垢で純情な青年を、私は汚そうとしている。

「太田編集長、おもしろいことをやらせてくれるな。まったくの新人を担当し、それをベストセラー作家に育てるというのは、ある意味編集としての究極の仕事だからな」

向田さんは本を閉じながら言い、それからなんだか嬉しそうに、

「実は俺も新しくある作家を担当することになった。一カ月おきに新作を出して大キャンペーンを行う。今日がその第一作の校了でね。今、印刷所がフル稼働しているはずだ」

「それはすごいですね。話題になりそうだ。ちなみに、新人ですか？」

「新人ではないんだが……明後日、大々的に広告が出る。いちおうまだオフレコでな」

「わかりました」

「実は……俺が担当しているのは、鵜川光次朗《うかわこうじろう》なんだ」

「……え……？」

その名前に、私は驚く。鵜川光次朗なら私も知っている。担当はしていないが、かなり問題のある作家で、何度も会議にかけられていたからだ。

「あの鵜川光次朗を向田さんが担当している？　しかもキャンペーンを？」

「まあまあ、彼の態度のひどさは私もよく知っている。だが、どうやら今までのことを深く反省し、一からやり直そうとしているみたいなんだ」

鵜川光次朗は修陽社の新人賞を取ってデビューした作家だ。受賞作はまあまあよかったのだが、その後雑誌用に何本か提出された短編はとても同じ人間が書いたとは思えないほど出来が悪く、さらに何度も〆切を破るせいで雑誌掲載が未だに見送られているはずだ。

彼の文章は正確ではあるが不親切で読みづらく、情景がまるで浮かんでこない。ストーリーには常にどこかで読んだような感覚が付きまとい新しさがない。しかも彼は編集サイドのアドバイスをまったく聞き入れず、そのくせ新人とは思えないほどの厚遇を要求していた。

突然音信不通になってそのまま雑誌の〆切を平気で破り、どうしても間に合わずに何度も代原を載せた。それを注意すると、「自分探し」と称して旅に出てまた音信普通になる。一番よくないのは、それを『一流作家の証《あかし》』と考えて意図的にやっているらしいことだった。

当時の担当は心労で身体を壊し、仕方なく編集長が担当を引き継いでいたはずだ。修陽社は「今後伸びる見込みなし」と考え、鵜川が雑誌のために書いた短編をまとめて一冊の本にし、それを餞別代わりにそっと手を引く予定だったはずだ。……しかし。

「たしかに鵜川先生はたくさんの悪い伝説を作り、業界から放り出される寸前だった、だがしかし、そこで危機感を感じたのか、驚いたことに原稿を三十本分も持ってきてね。それがまた素晴しい出来だったんだよ」

「……三十本……？」

「ああ。あれだけ筆の遅かった彼が、そうとう頑張ったのだと思うよ。編集長はとても喜び、俺に担当を引き継がせて一大キャンペーンを打つことにしたんだ」

その言葉に、私は微かなひっかかりを感じる。

……三十本。そういえば、柚木つかさも小説のストックが三十本あったな。

私は彼から預かったそれらの作品を、隅から隅まで読み返し、どういう順番で発刊すれば一番効果的かを常に考えていて……。

「私の担当している作家も、ちょうど三十本のストックを持っています。最近の若者は手が早いんでしょうか？」

「まあ、いつの時代も天才はいるんだよなあ」

向田さんは言い、それからうっとりとした口調で、

「文体までガラリと変えてきたんだ。今度の彼は情緒的で、繊細で……問題児だった彼にあんなものが書けるなんて……信じられない奇跡だよ。僕が一番気に入っているのは、『恋』という作品でね」

そのタイトルに、私は少しドキリとする。

……『恋』？　柚木が省林社に投稿してきた作品と同じだ。まあ、もちろん変わったタイ

トルではないが……。

　彼は片目をつぶって、

「これもオフレコにしてくれるなら、さわりだけを少しだけ話してあげてもいいぞ」

「もちろんオフレコにします。お願いします」

　私が言うと、彼は楽しそうに声をひそめて、

「主人公は日本人大学生。彼はあまり深く考えずに年上の女性と交際をしていたが、ある日、理由も告げられずに振られてしまう。彼は失恋旅行と称して有り金すべてを持って旅に出かける。行き先は南イタリアと書いてあるが……描写がとても洒落ているので、どこかファンタジックなイメージだ。彼は美しい自然の中でいろいろな出会いをし、だんだんと成長していく」

　彼の語った言葉に、私はとても嫌な予感を覚える。

「その先を、教えてください」

「ああ……彼はある日、若い漁師と出会うんだ。主人公と同じ年なのに職人気質の頑固者で……どこかヘミングウェイの登場人物を思い出させるような、渋くてとてもいいキャラクターなんだ。二人の出会いは……」

　私の心臓が、不吉な予感に高鳴る。私は手を上げて、彼の言葉を遮る。

「二人の出会いは、大嵐の晩ではありませんでしたか？　主人公は雨宿りのために海沿いの

ひなびたバーに逃げ込み、そこでその漁師と出会う。グラッパを飲みながらいろいろな話をし、自分の抱えている悩みがそれほど大きくないことに気づきます」

私の言葉に、向田さんはとても驚いたように目を見開く。私は、

「その漁師には弟がいて、その弟は一年前、その日のような嵐の夜に漁に出たままだ戻っていません。主人公に話をした後、漁師はふらりと店を出てそのまま船に乗り込みます。彼は、弟の船を捜しに海に出たと後でわかります」

向田さんは呆然と私の顔を見つめて、動きを止めている。

「その物語のほかに、もう一つの物語が同時進行しています。こちらは大学生を振った年上の女性が主人公。彼女は実は重い過去を背負っていて、そのトラウマから人を愛することができません。しかし、中学時代に憧れていた女性の先輩と出会い……」

「……待ってくれ」

向田さんが自分のワイシャツの胸の部分を摑み、喘ぐような声で言う。

「どうして、まだ発刊されていない本の内容を知っているんだ？　修陽社が大々的にバックアップするはずの原稿の内容はもちろんすべてが極秘になっているはずで……？」

「物語のラストを話します」

私は胸の痛みをこらえながら、彼の言葉を遮る。

「大学生は漁師の死を知った後、東京に戻り、自分を振ったあの年上の女性と再会します。

しかし彼女にはすでに本当に愛する人がいた。本当の恋とは何かを考える主人公は、また旅に出ることを決意します。次の行き先はフランスであることを匂わせて、物語はそこで終わっています」

「ラストまで、鵜川先生の『恋』とぴったり同じだ。それは……どこから……？」

向田さんは、震える声で言う。

「柚木つかさという大学生が、省林社新人賞に投稿してきた作品の内容です。それを読んだ高柳副編集長の判断で彼は最終審査を待たずにデビューが決まり、新人賞を辞退しました。現在は私が担当して、『恋』の続き……フランス編を執筆中です」

向田さんは愕然とした顔で私を見つめる。

「……それはいったい、どういうことなんだ？」

「ともかく、ほかの話の内容もすべてお話しします」

私が暗記している三十本分のあらすじをすべて説明し終わった時、向田さんは真っ青になって拳《こぶし》を震わせていた。

「まったく同じだ。どちらかが、どちらかの作品を盗作したとしか思えない」

「鵜川先生は、たしか大学院生でしたね。もしかして早稲川《わせがわ》大学の大学院では？」

「ああ、そうだが……」

「私の担当している作家は早稲川大学の四年生になったばかりの学生で、早稲川大学の文学研究会に一時所属していました。何か嫌な事件があって辞めたようですが」

私は、柚木つかさが話してくれたことを思い出す。

「文学研究会の会誌のために書いた新作が没になり、柚木先生は一時期は筆を折ることも考えたらしいです。しかし研究会の副会長が彼のストックすべてを読み、作品を褒めてくれたそうです。それもあって投稿する気になったとか……」

「早稲川の文学研究会の……副会長？」

「ええ。たしか名前は……宇田川《うだがわ》と言っていました。私は担当したことがないので鵜川先生の本名やプロフィールをよく知らないのですが……」

「鵜川先生は……」

向田さんは呆然としたまま言う。その声はかすれ、拳が微かに震えている。

「……早稲川大学文学研究会の副会長。そして、本名は宇田川光二《こうじ》」

私と彼は顔を見合わせ……そしてとんでもない問題がおきていることを実感する。

「まず、その柚木先生と言う人に話を聞きたい」

彼の言葉に、私はうなずく。

「柚木先生は、ピーク・ハイアットに宿泊していらっしゃいます。今すぐに行きましょう」

私は彼を連れてホテルに逆戻りし、柚木つかさの部屋のドアを叩いた。

彼はまだ寝ていなかったのか、すぐに出てくる。パジャマの上にバスローブを羽織った格好で、黒縁眼鏡をかけている。彼は私を見てカアッと頰を染め……それから向田さんを見て目を丸くする。

「……ええと……？」

「よかったら部屋に入れていただけませんか？　大事な話をしたいのですが、ラウンジには出版関係者がいるかもしれませんので」

私の言葉に柚木は緊急事態だと察したらしく、すぐに私達を部屋に入れてくれる。

「すみません、すぐに着替えますね」

柚木はベッドルームに消え、すぐにシャツとジーンズに着替えて出てくる。

「夜分遅くに、本当に申し訳ありません。修陽社第一編集部の向田と申します」

柚木がリビングのソファに座った途端、向田さんはローテーブルに名刺を置く。

「修陽社……天澤さんが前にいたところですか？」

「はい。彼は私の先輩に当たる人です。信頼のできる人であることは保証します」

私が言うと、柚木は少しだけ安心した顔になる。

「とてもおかしなことをお聞きしますが……あなたのストックしているという三十本の原稿を、誰かに読ませたと言っていましたね。誰に見せたか、すべて教えてください」

私が言うと、柚木はきょとんとした顔になり、それから、

「誰かに読んで欲しくて書いたので、読ませて、と言われればいつでも渡していました。

……とは言っても、省林社の関係者を除けば二人だけですが」

「その二人の名前を」

向田さんの険しい顔に、柚木は怯えた顔になる。

「ええと……大学の友人の小峰くんと、大学の文学研究会の副会長をしている宇田川さんですが……」

その言葉に、向田さんは苦しげな顔をする。

「その二人が、プリントアウトをほかの人間に又貸しした疑いは？」

柚木は当惑した顔で、

「それは絶対にないと思います。小峰くんは僕の部屋に遊びに来てプリントアウトをその場で読んでいただけで持ち出したりはしませんでした。宇田川副会長は『プリントアウトを持ってくるのは重いだろう？　メールで原稿データを送ってくれればそれを読んでおくよ』って言ってくれたので、データのコピーをメールでお送りしました。だからプリントアウトは持ち出していなくて……」

「なんてことを！　作品のデータを他人に渡すなんて……！」

向田さんが叫び、柚木が本気で怯えた顔になる。

「今、その元データを持っていますか？」

私が聞くと、柚木は青ざめたままでうなずく。

「僕のモバイルに入ってます」

柚木はモバイルに入っているそのストック原稿を、すべて向田さんに見せた。向田さんはそれを読み、そして……。

「……鵜川光次朗が提出した三十本の原稿と、まったく同じだ……」

向田さんが呟いた言葉に、柚木は愕然とした顔になる。

「鵜川光次朗って、宇田川先輩のことですよね。……提出した原稿……？」

「柚木先生、原稿が保存された日時を見せてください」

私が言うと、彼は慌てて表示をファイルの一覧に変える。原稿の保存された日のタイムスタンプはバラバラで、一番古いものは三年ほど前だ。向田さんは頰を引きつらせながら、

「鵜川先生に出したメールを、差し支えなければ見せていただけませんか？」

「わかりました」

柚木はマシンのタッチパッドに指を滑らせ、送信トレイを開いて宇田川宛に出したメールを見せてくれる。

『宇田川副会長。

僕が書いた小説を送ります。

よかったら読んでみてください。

柚木』

その文面と、添付された三十本のテキストデータを見て、向田さんはさらに青ざめる。

「あと、これが宇田川さんから来たレスです」

柚木が緊張した顔で言って、受信トレイに入っていたメールを表示させる。

『柚木くん
どうもありがとう、小説データ、無事に届いたよ。

これから読ませてもらう。楽しみだよ。

宇田川光二（ＰＮ　鵜川光次朗）』

そのタイムスタンプと送信者のアドレスを見て、向田さんが絶望的な顔になる。

「……このアドレスは、間違いなく鵜川先生のご自宅のもの。そしてこれらのメールは、鵜川先生が私に原稿を出す三日前にやりとりされています……」

彼は呟き、がっくりと肩を落とす。私は柚木を見下ろして、

「柚木先生。念のため、あなたが執筆途中だった原稿を見せていただけませんか？」

言うと、柚木はうなずき、カンヅメの間中書いていたあの『恋』の続編の原稿を表示させる。向田さんは柚木の執筆途中の原稿を見て……そして深いため息をつく。

「軽快なリズム、繊細な言葉の選び方、丁寧な文章の組み上げ方、そして句読点や記号の独特の使い方……『恋』はどう見てもあなたの作品だ。そして……鵜川先生が以前書いていた作品の文体とは、とうていかけ離れている」

それから顔を上げ、キラリと目を光らせる。

「ともかく印刷を止め、鵜川先生本人から事情を聞かなくてはいけません」

私は柚木に出かける支度をさせ、モバイルを持たせてタクシーに乗り込んだ。

私達三人は大田区にある印刷所に向かい、フル稼働していた印刷機を止めさせた。

「本当なら、これはとんでもないことだ」

向田さんが青ざめながら言う。そして当惑している印刷所の所長に頼んで、印刷所にあった数本の原稿データと柚木のモバイルにあった原稿データを見比べる。

たまにタイトルが変わっているだけで、中身は一字一句変えていない柚木の作品だ。それを確認すると、柚木はやっと実感が湧いたのか、顔色をなくして立ちすくむ。

「鵜川先生に電話をしました。タクシーですぐに向かうとのことです」

携帯電話のフリップを閉じながら、向田さんが言う。

「……宇田川さんが、僕の作品を……信じられない……」

呆然とし、かすれた声で呟く柚木に、私は言う。

「気が弱くて引っ込み思案のあなたにも、絶対に守りたいものがあるはずです」

私の言葉に、彼は驚いたように振り返る。

「そのためなら、勇気を出して戦いなさい」

私の言葉に彼は泣きそうな顔になる。

……こんなにか弱い青年に、それは酷だろうか？

◆

「こんな夜中になんなんだよ！　しかもこんな場所に！　向田さん、どういうこと？」

廊下に怒鳴り声が響き、ドアが外側から開かれる。怒りながら印刷所の事務室に入ってきた宇田川は、柚木の姿を見て顔色をなくす。

「……え？　どうして……？」

彼はしばらく呆然としてから、それから引きつった微笑を浮かべて、

「どうして柚木くんがここにいるのかな？　もしかして印刷所に知り合いがいるとか？　でも、なんだってこんな夜中に……」

「鵜川先生」

向田さんが彼の言葉を遮る。

「担当として絶対に信じたくはありませんが……はっきりと聞きます。これはあなたが書いた作品ですか？」

彼が見本刷りの一冊を示すと、彼は苦しげに眉間に皺《しわ》を寄せてみせる。

「それはどういうこと？　僕を疑うんですか？」

「ですが……」

　彼は柚木のマシンの画面を見せる。

「彼のマシンにはあなたが提出したデータと一字一句違わない原稿がありました」

「こいつが盗作したんだ！」

　宇田川はいきなり柚木を指差して叫ぶ。

「彼はサークルの後輩で、僕のファンなんです。どうしても読みたいというから、向田さんに提出する前にデータを送ってあげたんですよ。だから彼のマシンには僕の作品が入っていた。それだけのことです」

　しゃあしゃあと言われて私の中に激しい怒りが湧き上がる。抗議をしようとした時、柚木が口を開いた。

「宇田川先輩。僕、先輩が頑張ってって言ってくれたのがすごく嬉しかったんです」

　その言葉に、宇田川の顔が一瞬歪《ゆが》む。それからまた笑みを浮かべて、

「僕は、最初に見た時から君のことを可愛いと思ってたよ。でも、いくら僕のファンだからって嘘をついてはいけないなあ。僕の作品を自分のものだと言うなんて」

　その言葉に柚木は身体をこわばらせる。

「あれは僕の作品で……」

「まだそんな嘘を言って。僕の作品が自分の物だと言い張るのなら、その証拠はどこにある

のかな？」

　宇田川の言葉に、柚木は泣きそうな顔で唇を噛む。向田さんが静かな声で、

「鵜川先生。これはもちろん仮定の話ですが……例えばあなたが他人のデータを自分の作品だと主張して、本を出版したとします。あなたは莫大な印税と人気作家としての地位を手に入れる。しかし……その後はどうするつもりですか？」

　宇田川はクスクス笑って、

「これはもちろん仮定の話ですが……たとえば三十冊分のデータがあるとする。隔月で発刊しても発刊が終わるまで五年はかかる。その間に文体を自分のものにしておけば、続きが書ける。そうすればその後も、名声と印税は……」

「文体もお話も人から盗んだもの。そんなの……作家じゃないと思います」

　柚木の静かな声が響き、宇田川は顔色を変える。

「やかましい！　おまえみたいな素人のガキに何がわかる！」

　宇田川は柚木の襟首を掴まえる。止めようとした私を柚木はチラリと見る。彼の瞳は気弱な彼とは別人のように怒りに煌めいていた。手を出すな、と言われたようで私は動けなくなる。柚木は宇田川に視線を戻して、

「作家を志す者にとって、盗作は最悪の罪です。僕は自分の作品が盗まれたことよりも、あなたがしようとしていたことが許せない。これは作家という職業に対する冒瀆《ぼうとく》です」

彼は真っ直ぐに宇田川を睨みつけ、震える声で言う。

「あなたに、作家を名乗る資格はありません」

「クソ！　黙っていれば……！」

宇田川が右腕を振り上げ、私はその手首をきつく握り締める。そのまま逆手に持ち上げてやると、宇田川は悲鳴を上げる。

「……私は気が長い方ではありません。正直に言わないと、このままあなたの利き手を折りますよ」

耳元で囁くと、宇田川は見る見る青くなる。

「や、やめてくれ。なんなんだよ、おまえは？」

宇田川は脂汗を流しながら言い、さらに力を入れてやると悲鳴のような声で、

「わかったよ！　あの三十冊はここにいる柚木が送って来たデータだ。読み終わったあと、タイトルだけ適当に変えてそのまま向田さんに送った！」

「どうしてそんなことを？」

「決まっているだろう！　雑誌用の原稿はいくら出しても掲載してもらえなかったし、来年のスケジュールは白紙だし、もう後がないことくらい自分でわかっていた！　だが僕は作家でいたい！　そのためならなんだってする！」

宇田川は開き直ったように叫ぶ。私が手を離すと腕を押さえて大きく息をつく。それから

柚木を睨みつけて、

「最初は本当に可愛いと思ったんだ。気弱で、馬鹿そうで。だが、その作品を読んだ瞬間からそうは思えなくなった。今では……君のことが殺したいほど憎い」

宇田川の目の奥に、激しい光がよぎる。

「僕が目指していたのは本格的な文学作品だ。君が書くようなタイプの、頭の悪そうな、カルい、大衆的なものは大嫌いだった。なのに会誌のために提出されたあの作品を読んだ瞬間から、僕はおかしくなってしまった。僕の頭は君の書いた作品でいっぱいだ。自分ではもう一文字も書けない」

宇田川の声は上ずり、目がギラギラと光っている。柚木が本気で怯えたように後退りをする。宇田川は前に進み出て、柚木の両手をいきなり握り締める。

「柚木くん、あの作品達を僕にくれよ。印税は半分払う。ずっとしまわれて埃《ほこり》を被っていた作品を、作家である僕が大々的に世に出してやるんだ。感謝してもいいくらいだよね？」

宇田川は懇願するように柚木を見つめる。柚木は微かな怯えの表情を浮かべながらも、しっかりと彼を見返した。

「いやです。あれは僕の書いた作品です」

宇田川は苦しげな顔をし、それから出来上がってデスクに置いてあった見本誌を手に取る。パラパラとページをめくってから、今にも泣きそうに顔を歪ませる。

「この才能が、なぜ僕のものじゃないんだ？　僕は神に選ばれた人間のはず！　だからこの本の作者には僕の方が相応しいんだ！　どうしてわからない？」

柚木に摑みかかろうとする彼と、柚木の間に、私は立ちはだかる。

「ふざけたことを言うな」

私の唇から、かすれた声が漏れた。

「作品は、書いた本人のもの。この作品の作者は柚木つかさ以外にはありえない」

「ちょっと待ってよ」

宇田川はへらへらと笑いながら、

「そういえば……あなたって、たしか向田さんの後輩だよね？　僕にそんなことを言っていいわけ？　未来のベストセラー作家だよ？」

去年のパーティーで会ったきりの彼は、私が会社を変わったことを知らないようだ。

「あなただって売り上げが欲しいだろう？　大ベストセラーを出せば編集部のボーナスも上がるって言うし。今夜のことは黙っていればいいんだよ。そうすれば……」

「私は今は修陽社の社員ではありません。今は省林社の編集部で……」

私は柚木を示して、

「ここにいる柚木つかさ先生の担当をしております」

私の言葉に、宇田川は呆然とした顔になる。

「デビューが決まっているのか、柚木？」

かすれた声に、柚木はしっかりとうなずく。

「はい」

柚木がアマチュアで、なんとか丸め込めると思っていたらしい宇田川は顔色を変える。

「だけど、もう本は刷り始めているんだぞ！　明後日、広告が出る！　それを止めることなんか……」

私は宇田川を睨みつけて、

「あなたが修陽社と交わした出版契約書には『本著作物は第三者のいかなる権利も侵害していないことを保証する』という項目があるはずです。あなたは修陽社との契約に違反しただけでなく、業界的に絶対に許されないことをした。そして……」

私は湧き上がる怒りを抑えきれず、宇田川の襟首を摑み上げる。

「おまえがしたことは、純粋なつかさの心を深く傷つけた。……絶対に許さない！」

私は宇田川を殴ろうとして右手を振り上げるが……しかし柚木つかさにしがみつかれて殴ることができない。

「離してください！　こんな男をまだかばうんですか？」

「そうじゃない！　あなたはこんな男を殴ったらダメだ！」

柚木が叫び、私はとても驚く。

「あなたは僕の担当さんです。その綺麗な手を汚して欲しくないんです」

柚木が言って、煌めく涙を溢れさせる。こんな時なのに、私はその涙の美しさに見とれてしまった。

「天澤、そして柚木先生」

ずっと苦しげな顔で黙っていた向田さんが、一歩踏み出して宇田川の腕を摑む。柚木の方を向きながら、

「ここから先は修陽社と鵜川先生の問題になります。修陽社はしかるべき措置を取り、盗作しようとしたことに対する十分な償いをさせるつもりです。さらに、彼の作風が変わったことに気づきながら追及しなかった私も、責任を取るべきだと思います」

彼の顔には悲痛な覚悟が浮かんでいた。

「柚木先生には改めてじゅうぶんにお詫びをするつもりですが……まずは……」

彼は、とてもつらそうな顔で言う。

「担当として、彼とよく話し合わなくてはいけません」

◆

私は柚木を連れてタクシーに乗り、ホテルに戻った。部屋に入った途端、柚木は私に頭を

下げる。

「……本当にすみませんでした」

私は、柚木がいきなり謝ったことに驚いてしまう。

「僕がよく考えずにデータを人に渡したりしたから、こんなことになったんです」

「そうですね。あなたは本当に無防備すぎる」

私が言うと、彼は泣きそうな顔で目を潤ませる。

「す……すみません……」

「でも……」

私は手を伸ばし、彼の細い身体を抱き寄せ、そのまましっかりと抱き締める。

「……それもまた、『柚木つかさ』という作家を作っている大きな要素です」

私は、彼のサラサラとした艶やかな髪にそっとキスをして囁く。

「大丈夫。これからは、私が守ってあげます」

「……あ……」

彼が、ピクリと全身を震わせる。腕にすっぽりと収まってしまうその華奢《きゃしゃ》さ、首筋から立ち上る甘い芳香に、目眩がする。

……いけない……。

身体の奥で、獰猛な獣が目を覚ましそうだ。私は目を閉じ、必死で欲望をこらえる。

……彼は今夜のことで、きっと傷つき、混乱している。それにつけ込むようなことをしては、絶対にいけない……。

私は自分に言い聞かせながら身体を離し、指先で彼の顔を上げさせる。それから彼の眼鏡をそっと取り上げて、自分の胸ポケットにそれをしまう。

「……少し、スパルタになるかもしれませんが」

眼鏡を取った柚木は今夜も本当に麗しく、私は囁きながらも見とれてしまう。

「は、はい」

柚木は少し緊張したように答え、覚悟を決めたような顔で私を見返してくる。

「ちゃんとついていけるように頑張ります。あの……それから……」

彼は言いかけて言葉を切り、ふわりと頬を染める。形のいい耳までもが美しいバラ色に染まって、とても美しい。

「オトナの恋の仕方を……」

彼は甘くかすれた声で言い、長い睫毛《まつげ》の下の潤んだ目で私を見上げる。

「……もっと、取材したいんです」

私は、目の前が白くなりそうな欲望を覚え、一瞬目を閉じる。

……ああ……彼の色っぽさは、本当に殺人的だ……。

「……僕に……」

彼のバラ色の唇が、かすれた声を漏らす。

「……オトナの恋を、教えてくれますか……？」

身体の奥底から、恐ろしいほどの欲望が湧き上がり、私の目を眩《くら》ませる。

……無防備に誘うこの憎らしい唇を、乱暴に奪いたい。

……若い鹿のように細い首筋に、血が出るほどに牙を立てたい。

……すべての衣類を剝ぎ取って、この白い身体の隅々までにキスをしたい。

……そして、誰も汚したことのない無垢な蕾に、私の欲望を深く埋め込みたい……。

私は目を閉じ、震えるため息をつく。

……ああ、今すぐにそうしてしまえたら、どんなにいいだろう……？

「……すみません、僕、変なこと……」

少し怯えたように言う彼の唇を、人差し指でふさぐ。

「あなたに、オトナの恋のすべてを教えます。そうして欲しいですか？」

彼の美しい顔に、一瞬だけ怯えのような表情がよぎる。だが、彼はすぐにそれを消し、その澄んだ瞳を強く煌めかせながら小さくうなずく。

「……僕に、すべてを教えてください……」

「わかりました。それならまずは……」

私は彼の耳に口を近づけて、低く囁く。

「……原稿を上げてください」

「ええっ！」

彼はとても驚いたように声を上げる。私は彼を見つめて、

「原稿は、あと何ページですか？」

彼は目を見開いたまま、呆然とした声で、

「……あれからさらに進めていたので、あと十五ページ……」

「ここで集中が途切れると書けなくなる。一気に仕上げて、第二稿でブラッシュアップしましょう。いいですか？」

私の言葉に、彼は泣きそうな顔になる。

「いいですね？」

私が言うと、彼はその瞳を今にも泣きそうに潤ませる。

「……あなたは、高柳副編集長以上のサディストです……」

可愛い声で呟く。私はたまらなくなって彼を抱き締め、その耳に口を近づける。

「その代わり、原稿が上がったらご褒美をあげます」

耳たぶに舌を這《は》わせると、彼は小さく呻いてブルッと身体を震わせる。

「次回作の舞台は、ニューヨークの予定でしたね？」

「……はい。都会的なところを舞台にしたものも一度は書いてみたいなって……」

「では、原稿が上がったらニューヨークに取材旅行です」

「ほ、本当ですか？」

彼は驚いたように言って、私を見つめる。その瞳がキラキラと煌めいているのを見て、私は微かな嫉妬を覚える。

……恋に不慣れな彼にとっては、今はまだ、私よりも創作が大切らしい。

編集担当としては本望だが……彼を愛する男としては、少し悔しい。

「ニューヨークに着いたら、もう容赦しません」

私が言うと、彼は身体を震えさせ、私を見つめる。

「最後まであなたを抱き、すべてを私のものにする。……いいですね？」

彼は恥ずかしげにフワリと頬を染め……それからそっとうなずいた。

「僕のすべてを……あなたのものにしてください」

「……いい子だ」

私は彼に顔を近づけ、その髪を梳《す》き上げて滑らかな額にそっとキスをする。

「……愛しているよ、つかさ」

「……ア……」

囁くと、彼はきつく目を閉じ、とても色っぽく喘いでブルッと身体を震わせる。それからゆっくりと瞼《まぶた》を開き、泣きそうに潤んだ目で私を見る。

「……名前を呼ぶのは反則です。ニューヨークに行くまで禁止です……」

「なぜですか？」

「だって……」

彼は恥ずかしげに顔をそらし、耳までバラ色に染めながら、蚊の鳴くような声で囁く。

「……呼ばれるだけで、イキそうになるから……」

……ああ、こんなに色っぽい彼を抱かないでいるなんて……。

私は深いため息をつきながら思う。

……これこそが、本当の拷問だ……。

◆

「……ああ……本当に綺麗です……」

柚木は、ガラスに額を押し付けるようにして陶然と呟く。

「……写真で見たり、想像していたのと、全然違う……」

窓の外には、ニューヨークの摩天楼の夜景が見渡す限り広がっている。

ここは私が所有しているマンションの部屋。アッパーイーストサイドにある高層建築の上階にあり、セントラルパークとニューヨークが一望にできる景色が気に入った。

「……ええと……」

彼は私を振り返って、どこか心配そうな顔で言う。

「……ここって、ホテルじゃないですよね？　お知り合いのマンションですか？　僕なんかがお邪魔して大丈夫でしょうか？」

「ご心配なく。ここは私の所有している部屋ですよ」

私が言うと、彼は大きく目を見開く。

「あなたが……？」

「ええ。作家になった最初の印税で記念に買いました」

「……えっ」

彼は大きく目を見開き、呆然とした顔で私を見上げてくる。

「作家？　天澤さんが？」

「ええ。大学時代に作家をしていました。ペンネームは高沢佳明」

「えっ」

彼はさらに目を大きく見開き、それからかすれた声で、

「……高沢佳明……あなたが……？」

「ええ。言うつもりはなかったのですが、秘密にしているのもつらくなりました」

彼は私を見つめ……それからいきなり目を潤ませる。

「……僕、ずっと憧れてた高沢佳明さんと一緒にいるんだ。わあ、どうしよう……？」

彼は頬をバラ色に染めて、ため息をつく。

「……ああ……知ってたら本を持って来たのに。日本に帰ったら、サインしていただけませんか？　僕、高沢佳明さんの本は五冊全部持ってます。そして、どの本も数え切れないほど読み返していて……」

私は手を伸ばし、両手で彼の頬を手のひらで包む。親指で彼の唇に触れて、

「本を読んでいただけたのはとても光栄ですが……高沢佳明の話ばかりすると、私に嫉妬されますよ？」

私の言葉に、彼は不思議そうな顔をする。

「……ん？」

「今の私は天澤由明、あなたの恋人です」

彼は驚いたように目を見開き、その頬をさらに染める。私は親指を滑らせ、彼の柔らかな唇をそっと愛撫する。

「……ん……」

感じやすい彼はそれだけで身体を震わせ、小さく甘い声を漏らす。

「もっと話がしたい？　それともキスがしたい？」

彼は小さく息を呑み、頬をそめて私を見上げる。

「……あ……」

彼が微かに唇を開くと、その柔らかな唇が私の指をかすめる。その感触に、身体の奥が熱くなる。

「選んでください。……このまま、夜が明けるまで、文学について語り合ってもかまいませんよ？」

ゆっくりと顔を近づけると、彼は緊張した顔でキュッと目を閉じる。微かに開いて震える唇が、キスを誘っている。優秀な生徒である彼は、私が教えたキスの作法をきちんと覚えて実践してくれている。

私は胸を甘く痛ませながら、彼の眼鏡をそっと外し、畳んで自分の上着の胸ポケットに大切に入れる。

彼は目を閉じたまま、微かに震えながら私のキスを待っている。

……ああ、可愛すぎて、おかしくなりそうだ。

私は彼を焦《じ》らすために、あえて唇を避け、そのすぐ脇にキスをする。

「……あ……っ」

寂しげな声を上げる彼に目眩を覚えながら、さらに唇をずらして頬にキスをする。

「……んん……っ」

「選んでください。朝まで語り合うか、それとも……」

私はさらに唇をずらし、彼の耳たぶにキスをする。

「……朝まで、私に抱かれるか」

低い囁きを耳に吹き込むと、彼はブルッと身体を震わせる。

「……朝まで抱いて欲しいです……」

「いい子だ」

私は彼の唇にキスをして、

「脱稿したお祝いです。うんとご褒美をあげますよ」

◆

ニューヨークを照らす金色の月。差し込む月明かりの下、私と彼は一糸まとわぬ姿のまま、ベッドの上に重なり合っている。

「……ああっ！」

彼の切羽詰まった甘い喘ぎが、高い天井に響いている。私は彼の乳首を唇で愛撫し、手のひらでその屹立を握り込んでゆっくりと扱《しご》き上げている。

「……く、うぅ……っ」

彼の全身が反り返り、屹立の先端から、ビュクッ！　ビュクッ！　と蜜が飛ぶ。柔らかなミルク色の肌の上に、快楽の蜜が大輪の花のような模様を描く。

「いい子だ。たくさん出しましたね」

私はその蜜を指先で掬《すく》い取り、そして彼の脚の間にそっと塗りこめる。

「……ああ……っ！」

彼の蕾は怖がるように一瞬収縮し……しかしすぐに蕩けて私の指を受け入れる。

「……んんっ！」

指でゆっくりと押し広げると、彼の蕾がだんだんと蕩けてくるのが解る。

「……あっ！」

私の指が一点をかすめた時、彼の身体が反り返った。

「ここがいいんですか？」

「……ああ……いい……です……っ」

彼の唇から、とても切ない声が漏れる。

「とても柔らかくなってきました。そのまま力を抜いていてください」

私はたまらなくなり、怒張した屹立を彼の蕾に押し当てる。

「……あ……っ」

彼は一瞬だけ蕾を硬くするけれど……屹立を軽く扱いてやるだけで全身を蕩けさせ、私の屹立をゆっくりと飲み込んでいく。

「……あ……ああ……っ」

「とても柔らかい。このまま根元まで入りそうだ。大丈夫ですか？」

「……ん……」

彼は小さくうなずき、潤んだ瞳で私を見上げてくる。

「……大丈夫……して……ください……」

彼があまりにも可愛すぎて……私の理性の糸がプツリと切れる。

私は彼の両足を持ち上げ、そのままとても深い場所まで彼を侵し……。

「……ああっ！」

そのままゆっくりと抽挿を始めると、彼の身体がフワリとバラ色に染まっていく。

「……あ……あ……っ」

彼の蕾が、痙攣《けいれん》しながらキュウキュウと私を締め上げてくる。

「すごいな。内壁が吸いついてくる」

私は、目の前が白くなるような快感を覚えながら囁く。

「とても覚えがいい。あなたにはこちらの才能もあるようだ」

「……や……恥ずかしいこと言ったら……ああっ！」

彼の言葉を遮るように、容赦ない抽挿を再開する。グッグッと抉《えぐ》るように奪うと、彼は、漆黒の髪を煌めかせながらかぶりを振り、必死の仕草で私の胸に手をつく。

「……ダメ……ダメです……身体が……っ！」

力なく押し返そうとする彼の華奢な両手を、それぞれの手で摑まえる。指を絡めるようにして握り締め、そのまま大きく広げてシーツの上に磔《はりつけ》にする。

「身体が、なんですか？」

逃げられないようにしっかりと押さえつけながら、さらに激しく彼を奪う。

「……身体が……溶けそうです……」

とても感じてしまっていることを示すその言葉が、男をさらに煽《あお》ることなど想像もしていないのだろう。

……こんなに麗しく、そして色っぽい彼が、今まで無垢なままでいた。そして私がそのすべてを手に入れた。これは……本当に奇跡といってもいいだろう。

私は、身体の下に組み敷いた美しい裸体を、信じられないような気持ちで見下ろす。

「……あっ……あっ……あ……っ！」

私の突き上げと同じリズムで彼の身体が揺れ、その唇から甘い喘ぎが漏れている。

「……や……あ……あ……っ！」

月明かりに照らされた、滑らかな肌。バラ色に染まって尖《とが》る乳首。少年のようにほっそりとした腰。そして……彼の下腹で揺れているその美しい屹立。

「……そんな、されたら……また……っ」

彼の唇から、切羽詰まった切れ切れの喘ぎが漏れる。それを証明するかのように、その屹立はまたギリギリまで反り返り、先端のスリットから透き通った蜜を振り零《こぼ》している。

「また、何ですか？　きちんと言わないと相手に伝わりませんよ」

私は顔を下ろし、彼の耳元に囁く。耳たぶを軽く噛んでやると、彼は大きく息を呑む。

「……そんなに、されたら……また、出ちゃいます……っ！」

彼は羞恥の涙を流しながら言い、同時にその内壁で私をキュウッと締め上げてくる。

「さすがは作家だ。恥ずかしい言葉に、身体が反応していますよ」

私は限界に達しそうな彼をもっと味わいたくなって、動きをゆるめる。そして、彼の形のいい耳を唇で辿りながら囁く。

「二度もイッた。なのにまたこんなに勃起して。イキそうなんですか？」

「……ん、くぅう……っ！」

彼がたまらなげに喘ぎ、締め付けながら内壁を震わせる。その動きは、まるで唇で吸い付き、激しく吸い上げられてでもいるようだ。とんでもない快感が背中を走り、我を忘れて撃ち込んでしまいたくなる。

「すごい。さっきまでヴァージンだったのに、こんな淫らな動きで男を煽るなんて」

私はさらに声をひそめ、ため息を彼の耳に吹き込む。

「……なんていやらしい人だろう？」

「……あ、イク……っ！」

私の言葉に反応して、彼の背中が大きく反り返る。ビクン、と跳ね上がった屹立の根元を、私は手のひらでしっかりと握り込む。

「……や……ダメ……っ！」

彼は激しくかぶりを振り、私の手から逃れようと身体をよじらせる。

「……お願い……手、離して……っ！」

「離したら、一人でまたイク気でしょう？」

私は囁き、彼の耳たぶを舌でたっぷりと舐め上げる。

「私がいいと言うまで、我慢しなさい」

「……や……っ」

彼の身体にたまらなげな細波《さざなみ》が走り、屹立がビクビクと震える。しかし私の手が根元をせき止めているせいで彼は放出ができない。

「……ん、くう……っ！」

彼は激しくかぶりを振り、喘ぐような声で懇願する。

「……イカせて……身体、熱くて、苦しい……！」

「ダメですよ。こらえ性のないあなたはすぐにイッてしまうでしょう」

私は片方の手で彼の屹立を握り込み、もう片方の手を、彼の胸の上に滑らせる。

「……あ……あ……」

手のひらで、片方の胸を包み込む。ゆっくりと揉《も》むようにすると、微かに汗ばんだ滑らかな肌が、手のひらに吸い付いてくる。手のひらの真ん中に、硬く尖った乳首が押し当てられている。

「……ダメ……胸は……」

彼がかすれた声で喘ぎ、屹立が手の中で切なく震える。

「男なのに、胸で感じてしまうんですか？」

私は囁き、手のひらで円を描くようにして乳首の先端を軽く擦る。

「……や、ああ……っ！」

彼の腰が跳ね上がり、欲望を放てない屹立が苦しげに震える。

「……あ……お願い……っ」

きつく締め上げられて、私の目の前が快感で白くなる。

「……わかりました……あなたがすごすぎて、私も限界だ」

私は囁き、そのまま抽挿を開始する。

「……あ、あ、あ……っ！」

嵐の船のように揺れるベッド。

速くなる二人の呼吸。

彼は美しい背中を反り返らせ、甘い喘ぎで私を誘い……。

「アアッ！」

彼は平らな胸を喘がせ、バラ色に染まった唇から速い呼吸を漏らす。震える長い睫毛、眦《まなじり》に煌めきながら流れる快楽の涙。

……ああ、私の恋人は、なんて美しいんだろう……。

「……アアッ……！」

彼の腰が跳ね上がり、屹立の先端から、さらに蜜が迸る。とても感じてしまったのか、彼の蕾が私の屹立をきつく締め上げてくる。

「……く、う……っ」

私は目が眩みそうな快楽を感じながら、彼の蕾を欲望で貫く。そのまま奪うペースを早くして……。

「……っ」

私は息を呑み、そして彼の甘美な蕾の最奥に欲望の蜜を打ち込む。

「……ああっ！」

彼は、内壁でそれをしっかりと受け止める。そして自分も欲望の蜜を溢れさせた。

……ああ、本当に、なんて甘美な身体なんだろう……？

柚木つかさ

「……ああっ！」

僕の内壁の奥深い場所に、とても熱いものが撃ち込まれる。僕は喘ぎながらそれを受け止め……そして彼の熱に感じて、自分の蜜を溢れさせてしまう。

「……あ……あ……っ！」

彼に押し広げられた内壁が、激しい快感にヒクヒクと震えるのが解る。

「……あ……っ」

蕾が別の生き物みたいに彼をキュウキュウと締め上げてしまって……彼の逞しい屹立の形を、リアルに感じる。

「……ああ、こんなに感じてしまうなんて……」

僕は泣いてしまいそうになりながら、彼を見上げる。

「……僕の身体、どこかおかしいんでしょうか……アアッ！」

彼が僕の身体を強く抱き寄せ、背中がシーツから浮き上がる。動いた拍子にグリッと彼が動き、そのままもっと深い場所まで……。

「アアッ！」

気がついたら、僕は胡坐《あぐら》をかいた彼の下腹の上に座るような形になっていた。繋がった場所が、自分の体重で押し広げられて……。

「……ダメ……深……っ」

天を向いて喘いだ僕の乳首に、彼が愛おしげなキスをする。

「……や、あ……っ」

「可愛いことを言うと、こんなことまでされてしまいますよ」

彼がキュッと乳首を甘噛みし、僕の内壁がキュウウッと彼を食い締める。

「このまま奪います。いいですね？」

彼が囁き、その一瞬後に……。

「……ああ、ああ、ああ……っ！」

下から激しく突き上げられて、僕はもう何もかも忘れて喘ぐ。

僕は愛される幸せに包まれながら、そのまま快楽の高みに駆け上がり……。

天澤由明

私は彼を腕に抱きながら、窓の外の月を見上げて話す。

「創作という広大な海、暗い心の深淵を覗《のぞ》く恐ろしさ、どんなに苦しくても櫂《かい》を握って漕《こ》ぎ続けなくてはいけないあの壮絶な苦しみに……私は耐えられませんでした」

私は彼の美しい顔を覗き込む。

「でも、あなたはこんなに華奢な身体でその苦しみに耐え、新しい高みを目指して漕ぎ続ける。私はあなたを心から尊敬します」

囁くと、彼はふわりと頬を染める。

「僕は書かずにいられないだけ。何も特別なことはしていません」

「私は、本当は作家を続けたかったんです。だから、あなたのような書く才能を持った人がとても眩い。なんとかして助けになれたらと思います」

私は彼を見つめながら囁く。

「私は、ずっとあなたのそばにいてもいいですか？」

「天澤さん……僕……」

彼は私を見上げて甘い声で囁く。

「……もう、あなたがいないと書くどころか生きていくことすらできないと思うんです。だから……」

彼はその美しい瞳で私を見上げて囁く。

「……ずっと、僕のそばにいてください……愛しているんです……」

「私も愛しています、つかさ」

私は彼と見つめ合い……そして、誓うようなキスを交わした。

柚木つかさ

ニューヨークでの甘い休暇を過ごした後。僕は天澤さんと一緒に早稲川大学文学研究会の部室にいた。修陽社の措置により、宇田川さん——鵜川光次朗——の本の出版は差し止められ、彼が自分の作品と偽って提出した僕の小説のデータは、印刷所にあった分も含めてすべて消去してもらうことができた。さらに調べたところによると、宇田川さんのデビューのきっかけになった投稿作も実は過去の会誌からの盗作だったらしい。それを教えてくれたのは、早稲川大学文学研究会の会長、磐浜《いわはま》さん。彼は前に気づいて宇田川さんを追及したけれど……小説の盗作というのはまったく同じ文章がない限り立証できない。巧みに改変されていたせいで会長は証明できなかったという。

「あの時に俺がもっと追及しておけば……きっと今回のような事件を起こすこともなかっただろう。本当にすまなかった」

彼は僕に向かって深々と頭を下げた。それから、

「君が出した作品についてなんだが……」

その言葉に僕はドキリとする。無理やり笑みを浮かべながら、

「それは気になさらないでください、僕がいい作品を書けなかったのが悪いので……」

「もしかして、宇田川から『会長と幹部がボツにさせた』と聞いていない？」

その言葉に、僕は驚く。

「ええと……そう聞いていますが……」

「それは嘘だ。あの野郎……」

磐浜さんはとても怒ったように言う。それから、

「俺や研究会の幹部は、君の作品をとても気に入り、会誌のトップに載せようとしていた。だが、宇田川が強硬に反対したんだ。宇田川は『この作品はどこかで見たことがある。盗作かもしれないから調べてみる。今回の掲載は見合わせてくれ』と言い、幹部達もそれを信じて掲載を中止した。しかし……」

彼は言葉を切って深いため息をつく。

「宇田川の過去を知っている俺は、宇田川が逆にそれを盗作するつもりで人目に触れないように掲載を止めたのではないかと疑っていた。しかも、宇田川はほかの会員が帰った後で、『これを読みながら盗作かどうかをよく調べる』と言って、君の原稿のプリントアウトをゴミ箱から拾って持ち帰った。まるで見せ付けるようにゴミ箱に原稿を捨てたことじたいが不自然だった」

「あれって……会の慣習じゃないんですか？」

僕が言うと、磐浜さんは悔しそうにかぶりを振る。

「あんなひどいことをするわけがない。あれを見た時、心が痛んだよ。実は……」

彼は僕を見つめて、なんだかつらそうな顔になる。

「実は俺、柚木くんにずっと憧れていたんだ」

「……え？」

「君はよく学食の隅で読書をしていただろう？　黒縁眼鏡で隠そうとしても、その横顔は天使のように美しかった。それほどに憧れている君を陥れようとした宇田川が、俺は許せなかった。この機会だから、きちんと君に告白を……」

「失礼」

黙って聞いていた天澤さんが、ちょっと怒った声で口を挟む。

「柚木先生は修羅場中です。そろそろ失礼します」

天澤さんは僕を立たせ、磐浜さんを見下ろす。

「柚木先生はお忙しい時期です。用事のある時には、省林社の天澤までどうぞ」

彼はキラリと目を光らせて、磐浜さんを怯えさせている。

……なんだか、怒らせると本当に怖いかも……。

天澤由明

柚木の一冊目の本、『恋』は無事に発売となり、発売後たった三日間で売り上げ十万部を記録する大ベストセラーとなった。マスコミにも大々的に取り上げられ、増刷に次ぐ増刷で、印刷所が目を回している状態だ。

「柚木先生宛に、テレビ出演へのオファーが殺到しています」

高柳副編集長が、接待用の小会議室のローテーブルに、ＦＡＸを積み上げながら言う。ソファに座った柚木は呆然とそれを見つめ、助けを求めるように私を見上げてくる。

「テレビに、出たいですか？」

私が囁くと、彼は怖そうに目を閉じてプルプルとかぶりを振る。

「……いえ、絶対に無理です……っ」

高林副編集長の友人でもあるデザイナー、五嶋雅春《ごとうまさはる》氏が撮影した柚木の写真は、見とれるほどに麗しかった。本の内容もとても素晴しかったが、それに加えて作者の美しさとそのオーラに、人々は熱狂した。ファンは急増し、柚木へのサイン会やテレビ出演の依頼が編集部宛に殺到し続けている。

「柚木先生は、これだけの美青年だ。テレビに出れば必ずファンが増え、さらに売り上げが伸びる。……断る理由はないな」

「いいえ。柚木先生の作品に、余計なプロモーションなど必要ありません」

私は積み上げられたFAXを、まとめてゴミ箱に放り込む。

驚いた顔をする高柳副編集長を睨み上げて、

「私は、彼のプライバシーと執筆時間を、何よりも尊重します」

高柳副編集長は私を見つめてしばらく考え、それから深いため息をつく。

「本当にもったいない。このままなら百万部……ミリオンセラーも夢ではないのに……」

「百万部は突破します。この私が言うのですから間違いありません」

高柳副編集長は肩をすくめて、

「そんなことは私にもわかっている。ただ、可愛い柚木先生の姿をもっと見たいだけだ。なのに、なんだよ、柚木先生を独り占めしやがって。もともとは私が見出した才能だぞ！」

「なんとでも言ってください。ダメなものはダメです」

私は言って立ち上がり、柚木に手を差し伸べて、彼をそっと立ち上がらせる。

「彼が人見知りをすることはもちろんですが、私も、愛しい柚木先生の素顔をほかの男に見せたくないんです。もちろん大人気ないとわかってはいますが」

高柳副編集長はとても驚いたように目を見開く。

「まさかおまえ、カンヅメの夜やパーティーの後に、柚木先生になにか……」

「それは先生のプライバシーに関することなので口外できません」

私は言い、呆然としている高柳副編集長を部屋に置き去りにして廊下に出る。

「……大丈夫ですか？　高柳副編集長は一応上司ですよね？」

心配そうに言う柚木の肩を抱き、空いている隣の小会議室に引き込む。

「問題ないですよ。それよりも……」

私は彼の身体を壁に押し付け、その唇を奪う。

「……んん……」

恋人同士になった私は、彼にいろいろなレッスンを続けている。

物覚えの早い柚木は、どんどん文章力を上げているし、さらに大人になるためのレッスンでも、彼はみるみる成長した。

「……今日は、オフィスでの秘密のキスのレッスンです。覚悟はいいですか？」

囁くだけで、彼はフワリと頬を染める。

「……わかりました。レッスンをお願いします」

潤んだ目で見上げられるだけで、私の理性は吹き飛びそうだ。

ああ……私の恋人は、美しく、可愛らしく……そして時に驚くほどに色っぽい。

あとがき

こんにちは、水上ルイです。今回の『新人小説家の甘い憂鬱』は、クールで隠れサディストな編集者・天澤と、彼が担当することになった新人小説家・柚木のお話。読みきりですが『恋愛小説家は夜に誘う』と『編集者は艶夜に惑わす』の続編になります。前の二作はそれぞれ作家の大城と新人編集者の小田、装丁デザイナーの五嶋と高柳副編集長のお話。ほかのカップルに興味の湧いた方はこちらもよろしく（CM・笑）。この本のラヴな部分はすべてフィクションだし、こんなことをする編集さんはもちろんいませんが（笑）、各社編集さん達のプロ意識には本当に頭が下がります！　そして意外な場所にリアルなネタ（出版社のパーティーの雰囲気とか・笑）が混ぜられていますので、想像力を働かせつつ、楽しんでいただければ嬉しいです。

街子マドカ先生。大変お忙しい中、本当に素敵なイラストをどうもありがとうございました。セクシーな天澤、可愛い柚木にうっとりでした。担当S本さん、ルチル文庫編集部の皆様、今回もお世話になりました。そしてこの本を読んでくれたあなたへ、本当にありがとうございました。これからも頑張りますのでよろしくお願いできれば幸いです。

二〇一〇年　春　　　水上ルイ

✦初出　新人小説家の甘い憂鬱……………書き下ろし

水上ルイ先生、街子マドカ先生へのお便り、本作品に関するご意見、ご感想などは
〒151-0051 東京都渋谷区千駄ヶ谷4-9-7
幻冬舎コミックス　ルチル文庫「新人小説家の甘い憂鬱」係まで。

幻冬舎ルチル文庫

新人小説家の甘い憂鬱

2010年3月20日　第1刷発行

✦著者　水上ルイ　みなかみ るい

✦発行人　伊藤嘉彦

✦発行元　株式会社 幻冬舎コミックス
〒151-0051 東京都渋谷区千駄ヶ谷4-9-7
電話 03(5411)6432［編集］

✦発売元　株式会社 幻冬舎
〒151-0051 東京都渋谷区千駄ヶ谷4-9-7
電話 03(5411)6222［営業］
振替 00120-8-767643

✦印刷・製本所　中央精版印刷株式会社

✦検印廃止

ISBN978-4-344-81924-5　C0193　Printed in Japan